D1920279

CHIEMSEE
VERLAG

ISBN: 978-3988658579

© 2023 Chiemsee Verlag
Raiffeisenstr. 4 · D-83377 Vachendorf
www.kampenwand-verlag.de

Text: Nico Thurm
Korrektorat: Diana Alchanow
Lektorat: Patricia Bartz
Bild: Yuganov Konstantin / Shutterstock

NICO THURM

Kinderheld ~ mit ~ SUPERHERZ

MEIN ERSTES JAHR
ALS ERZIEHER

Für Anton, Lennard und Lara

Vorwort

Liebe Leserin, lieber Leser!

Dieses Buch wurde geschrieben, um dich zu erheitern. Die Geschichten sollen dich zum Schmunzeln und laut Auflachen bringen und du darfst dich gern in ihnen wiedererkennen.

In manchen Situationen wirst du dir während des Lesens denken: *Das hätte ich sein können!*, und das stimmt. Diese lustigen (und für den Protagonisten oftmals peinlichen) Anekdoten sind uns allen schon mal passiert und werden uns erneut geschehen, während wir den Beruf ausüben, der uns so erfüllt.

Dieses Buch ist voller persönlicher Erfahrungen und einige Geschichten wurden mir von anderen ErzieherInnen erzählt. Ich habe sie Noah in diesem Buch erleben lassen. Dabei sind die Figuren keineswegs perfekt und zeigen eine der menschlichsten Eigenschaften überhaupt: Sie machen Fehler.

Die Namen der handelnden Personen sind aus Datenschutzgründen alle geändert und Gemeinsamkeiten mit realen Persönlichkeiten sind allesamt Zufall.

Im Jahr 2018 fing ich an, aus einer Laune heraus, Geschichten zu schreiben. In diesen Erzählungen thematisierte ich meinen Alltag als Praktikant in einem Kindergarten, den ich in meiner Kindheit selbst besucht habe. Als ich dann die Ausbildung beendet hatte, quälten mich dieselben Fragen, Zweifel und Ängste, die jeder Berufsanfänger kennt. Ich erinnere mich noch gut daran, wie ich am Abend vor meinem ersten Arbeitstag nach Videos gesucht habe, wie man ein Kind wickelt.

Allerdings kamen mit meiner Anstellung in einem Regelkindergarten neue Ideen für Geschichten dazu und ich entschloss mich, Noahs erstes Jahr schriftlich festzuhalten.

Er startet, wie ein Kind, welches das erste Mal in eine Kindertagesstätte kommt, in der Krippe und sammelt Erfahrungen. Ihn plagen Ängste, die wir alle kennen. Bis sein Weg zum großen Kindergartenkind hinter ihm liegt, wird es etwas dauern, aber er wird an seinen Erlebnissen wachsen.

Ich möchte mit diesem Buch niemanden belehren oder pädagogische Handlungsanweisungen geben. Natürlich bleibt es nicht aus, ein paar Inhalte anzuschneiden, aber auch hierbei sollte man nie vergessen, wie wichtig Individualität ist. Die Storys sollen uns ErzieherInnen erfreuen. Gerade an den Tagen, an denen es mal wieder schwierig ist, sollen diese Geschichten an das Schöne in unserem Beruf erinnern.

Eltern möchte ich einen augenzwinkernden Einblick in die Erlebnisse im Kindergarten und in der Krippe geben.

Meinen KollegInnen möchte ich sagen: Wenn eure Tage mal wieder hart und anstrengend sind, nehmt euch eine dieser Geschichten und wenn sie euch ein Lächeln ins Gesicht zaubern, habe ich erreicht, was ich mir gewünscht habe.

Herzlich willkommen

Liebe Leserin, lieber Leser

Ich freue mich, dich hier zu sehen
Zwischen diesen Buchdeckeln
Wo so viele Wörter stehen

Wenn du bereit bist für die Reise
Und was die Geschichte bereithält
Dann nehme ich dich bei der Hand
Und zeige dir meine Welt

Der erste Tag

Heute ist mein erster Tag.

Ich heiße Noah, bin 25 Jahre alt und staatlich anerkannter Erzieher.

Ich trete eine neue Stelle in einem Regelkindergarten an. Der Kindergarten liegt in meiner Heimatstadt, unweit der Wohnung, die ich vor kurzem bezogen habe. Die Freude darüber, dass ich die Stelle bekommen habe, ist in meiner gesamten Familie riesig.

Während meiner Ausbildung habe ich viele Praktika im Hort absolviert, aber das eine, das ich im Kindergarten erleben durfte, hat mir gezeigt, dass ich mich dort wohler fühle. Mir gefällt es, den kompletten Tag, vom Frühstück bis zum Vesper mit den Kindern zu gestalten.

Die Frau eines Freundes von mir hatte bis vor kurzem in der Einrichtung gearbeitet und mir im Vorfeld erzählt, dass ich der einzige Mann in der Kindertagesstätte sein würde.

Ich habe mir natürlich viele Male den Kopf darüber zerbrochen, wie es sein wird, als Mann alleine mit 20 Frauen zusammenzuarbeiten. Aber ich habe es mir ja vorher so ausgesucht und muss da jetzt, wohl oder übel, die nächsten 40 Jahre bis zur Rente durch.

Was erwartet mich?

Natürlich kenne ich die Abläufe durch das Praktikum im Kindergarten (3 bis 6 Jahre alt), aber in der Krippe (0 bis 3 Jahre alt) habe ich bisher noch nie gearbeitet. Meistens hatte es sich nie ergeben und ich hatte auch gehörigen Respekt davor, mit so kleinen Kindern, fast noch Babys, zusammenzuarbeiten und die Verantwortung für so winzige Wesen zu übernehmen.

Die kommunale Einrichtung, in der ich anfangen werde, stellt beide Bereiche für die Eltern und Kinder zur Verfügung. Dort scheint es üblich zu sein, dass die Kinder zum ersten Geburtstag in die Einrichtung aufgenommen werden und in dieser bleiben, bis sie drei Jahre alt sind, dann in den Kindergartenbereich wechseln, um anschließend mit sechs Jahren eingeschult zu werden.

Ich stehe vor der Tür und merke, dass mir der Schweiß in Bächen über den Körper läuft. Klar, es ist August, aber ich denke eher, dass es an der Nervosität liegt, statt an der Hitze.

Problem Nummer 1: Alle Kinder und Kolleginnen sind draußen und spielen. Ich habe noch keinen Schlüssel, stehe vor der Tür, und betätige den nun nutzlosen Klingelknopf, denn

Problem Nummer 2: Man hört die Klingel nicht, wenn man sich auf dem Außengelände aufhält.

Während ich vor der verschlossenen Türe stehe, bekomme ich langsam Panik.

Am ersten Tag zu spät, weil ich nicht in das Gebäude hineinkomme. Was ist das denn für ein Eindruck, den ich hinterlasse?

Immer noch völlig ahnungslos, wie ich jetzt in die Einrichtung hineinkommen soll, kommt glücklicherweise eine Frau in Richtung Eingang gelaufen, die einen Schlüsselbund in der Hand hält.

»Guten Morgen«, sage ich hörbar nervös.

»Guten Morgen, kann ich Ihnen behilflich sein?«, fragt mich die Frau lächelnd.

Mir ist nicht mehr zu helfen, denke ich und stehe zum dritten Mal am heutigen Tage vor einem Nervenzusammenbruch. Während der Morgen mit Emil noch ganz entspannt verlief, war die Fahrt zur Kita die Hölle gewesen.

Die Frau scheint meine Aufregung zu bemerken und schenkt mir ein sanftes Lächeln. Sie ist schätzungsweise Ende 20 und wirkt sehr entspannt.

»Ich, ähm, ja, also«, stammel ich unkontrolliert.

»Erst puzzeln, dann reden«, kichert die Frau und lächelt weiter.

»Ich arbeite ab heute hier. Also, ich meine … Heute ist mein erster Arbeitstag«, bringe ich hervor, nachdem ich mich kurz gesammelt und meine Gedanken geordnet habe.

»Ach so, du bist der neue Kollege! Noah, richtig? Mein Name ist Magdalena. Schön, dich kennenzulernen!«, sagt die Frau, reicht mir die freie Hand, die nicht den Schlüsselbund hält und zeigt mir erneut ein Lächeln mit ihren perlweißen Zähnen.

Wir geben uns umständlich die Hand, weil ich vor lauter Nervosität scheinbar vergessen habe, wie man anderen Menschen zur Begrüßung die Hand schüttelt.

»Traust du dich nicht rein?«, fragt sie, bewegt sich mit ihrem Transponder an die Eingangstür heran und öffnet diese.

»Doch, schon, aber mir hat niemand aufgemacht.«

»Ach so, das Klingeln hat bestimmt niemand gehört, weil alle draußen im Garten sind. Du hättest auch einfach um das Gebäude herumgehen und durch eines unserer kleinen Gartentore gehen können.«

»Das wusste ich nicht«, gestehe ich, eigentlich ohne Grund, beschämt ein, denn das konnte ich ja wirklich nicht wissen.

»Ist ja kein Problem, ich bin ja jetzt da und lasse dich in unsere heiligen Hallen hinein. Willkommen, in unserer Kita!«, sagt sie und hält mir die Tür auf.

♥

Das Kennenlernen der Leiterin ist kurz und schmerzlos, aber sehr herzlich und informativ.

»Schön, dass Sie hier sind, Noah. Mein Name ist Frau Bernstein und ich arbeite seit fünf Jahren als Leiterin in dieser Einrichtung. Sollten Sie irgendwelche Fragen, Sorgen oder Nöte haben, scheuen Sie sich nicht davor, auf mich zuzugehen und mich anzusprechen.

Sie werden zunächst als Springer eingeteilt, das heißt, dass Sie in den ersten Wochen alle Gruppen und

Kolleginnen kennenlernen dürfen. Sie springen sozusagen von Gruppe zu Gruppe und werden dort eingesetzt, wo Not am Mann ist. So können Sie sich erst einmal ein Bild von unserer Einrichtung machen. Wann Sie dann eine eigene Gruppe bekommen, werden wir sehen«, sagt sie lächelnd, während wir durch den langen Flur des Kita-Gebäudes gehen.

Sie zeigt mir unterwegs den Sportraum der Kindertagesstätte (auf dessen Benutzung ich mich jetzt schon sehr freue!), den Snoezelenraum (eine Art Kuschel- und Entspannungsraum, auf dessen Benutzung ich mich auch sehr freue!), mehrere Mitarbeitertoiletten (auf deren Benutzung ich mich nicht unbedingt freue, die aber ohne Zweifel notwendig sein wird) und den Pausenraum (auf dessen Benutzung ich mich wiederum sehr freue!).

Der erste Eindruck der Einrichtung ist überwältigend. Das Objekt wirkt nicht zu groß und nicht zu klein. Alles scheint modern, neu und sauber. Die Wände sind mit Plakaten voller pädagogischer Inhalte und Kunstwerken der Kinder dekoriert. Es vermittelt einen frischen und offenherzigen Eindruck.

Ich fühle mich sofort wohl und habe kurz jegliche Panik oder Zweifel verloren, die mir vorher tage- und nächtelang den Schlaf geraubt haben. Allerdings sollte diese kurze Phase der Lockerheit und Entspannung nicht sehr lange anhalten.

»Sie sind für die ersten zwei Wochen, sofern es keine spontanen Änderungen gibt, in einer unserer Krippengruppen eingeteilt. Die Kollegin wird Ihnen sicherlich alles erklären. Ich mag es, wenn die neuen Mitarbeiter, wie Sie einer sind, die ganzen kleinen Regeln und Handhabungen von den Kolleginnen bekommen. So lernen Sie in den ersten Monaten alles rund um unsere Einrichtung während der Arbeit von den anderen pädagogischen Fachkräften«, sagt sie, während ich neben ihr herlaufe, die Wände bestaune und versuche, alles in mich aufzusaugen, wie ein lernwilliger Schwamm.

Wir sind an einer großen Glastür angekommen, vor der wir stehen bleiben. Ich schaue nach oben und mein Magen krampft sich zusammen.

Auf der Glastür prangen große Buchstaben aus leuchtend buntem Papier, die mit Tesafilm an die durchsichtige Oberfläche geklebt wurden.

Sie bilden ein einziges Wort.

Krippe.

Mir stockt kurz der Atem. Ich habe bisher nie in dem Altersbereich von 0 bis 3 arbeiten dürfen und habe mehr als nur ein paar Fragen oder Bedenken.

Ich stehe kurz vor Panikattacke Nummer 17 an diesem Tag, als mich meine neue Chefin aus meinen Gedanken reißt.

»Die Krippengruppe ist gerade wieder reingekommen, da wir den Kindern diese Temperaturen in der Sonne nicht zu lange zumuten wollen. Kommen Sie bitte in der Mittagszeit, wenn die Kinder schlafen, in mein Büro. Da händige ich Ihnen dann die Schlüssel und den Transponder für die Eingangstür aus«, sagt sie und lächelt mich freundlich an.

Ich versuche, krampfhaft zurückzulächeln, aber mir scheint, es ist mehr eine schiefe Grimasse.

»Ich wünsche Ihnen einen angenehmen ersten Arbeitstag, Noah!«

Ich schreite durch die Glastür und stehe in der Garderobe der Krippe.

Aus der Richtung, in der ich den Gruppenraum vermute, vernehme ich schon wildes Geschrei und Weinen, aber auch herzerfüllendes, lautes Lachen.

Die Kinder rennen, krabbeln, kriechen und watscheln wild im Raum umher. Manche der Kleinen haben Bücher in den Händen, andere Autos, Puppen oder Bausteine. Magnete in verschiedenen Farben und Formen werden überall dort gelassen, wo sie hängen bleiben können, nur nicht an der für das Spielzeug vorgesehenen Magnetwand. Eine große Weltkarte mit unzähligen Tieren schmückt einen Teil der Wand und von den Kindern, die davor stehen, vernehme ich sofort mehrere Tiernamen oder die Geräusche, die die dazugehörigen Exemplare wohl von sich geben könnten.

Keines der Spielzeuge wird so verwendet, wie es der Hersteller beabsichtigt hat, sondern eher als Wurfgeschoss, Fußball oder Nuckel.

Der Teppich ist mal blau gewesen, aber jetzt ist es eher ein dunkles Grau.

Ich blicke mich um und stelle fest, dass in diesem Raum die Hölle los ist. Ich denke mir sofort:

Ich bin im Himmel.

Ich mag es, wenn Action in der Bude ist und die Kinder voll und ganz das sein dürfen, was sie sind, ohne dass sie dabei von Erwachsenen gebremst oder zu sehr gelenkt werden.

Ich erblicke die Erzieherin, die mit den Kindern auf dem Boden sitzt, und begrüße sie.

»Wie ich sehe, haben wir in der ersten Zeit das Vergnügen miteinander! Mein Name ist Rowena«, ruft sie über den Lärm der Kinder hinweg.

»Mein Name ist Noah. Ja, ich bin in den ersten Wochen in der Krippe eingeteilt«, sage ich, schaue dabei aber nicht die Kollegin an, sondern lasse meinen Blick weiterhin durch den Raum schweifen, in dem das pure Leben blüht.

»Ist schon etwas anders, als im Kindergarten, oder?«, fragt die Kollegin, die meinen Blick scheinbar bemerkt hat.

»Ja, aber ich mag das. Zu Hause mag ich es gern ruhiger, lese ein Buch oder bin mit meinem Hund unterwegs, aber hier, bei der Arbeit, da brauche ich auch mal Lärm, lautes Lachen und Leben in der Bude.«

»Das sind schon mal sehr gute Voraussetzungen für den Beruf. Hoffen wir mal, dass das lange so anhält«, sagt sie und eine weitere Kollegin betritt den Gruppenraum.

»Hallo, mein Name ist Doris«, stellt sie sich mir ohne große Umschweife vor und beginnt, mit den Kindern zu spielen.

»In der Krippe arbeiten wir meistens zu dritt, wenn es personell passt«, erklärt mir Rowena, als sie meinen verwunderten Blick sieht.

Stimmt ja, denke ich.

»Und wenn es mal nicht passt?«, frage ich.

»Dann beten wir, dass trotzdem alles gut geht«, ruft Doris vom Boden aus, auf dem sie sich gerade mit zwei Kindern herumrollt.

»Darf ich dir vorstellen, das ist meine werte Kollegin in unserer Krippengruppe und sie hat dabei nicht Unrecht«, lacht Rowena und putzt währenddessen einem Jungen die Nase.

Der Kleine bekommt von seiner Erzieherin das Taschentuch in die Hand gedrückt und den Auftrag, es in den Mülleimer zu werfen.

Während ich mir noch denke, dass das doch niemals klappt, hat der Junge seine Mission längst erfüllt, spielt wieder mit den anderen Kindern und ihm läuft die nächste Fuhre Schnodder aus der Nase.

»Hast du eigentlich irgendwelche Fragen? Wenn ja, dann immer raus damit«, reißt mich Rowena aus meiner Beobachtung heraus.

»Also, na ja, ich muss ehrlich gesagt zugeben, dass ich noch nie ...«, beginne ich, werde aber sogleich unterbrochen.

»... eine Windel gewechselt hast?«, beendet sie mein Geständnis.

»Ja, genau«, gebe ich etwas beschämt zu und schaue dabei zu Boden.

»Kein Problem, ich zeige es dir.«

Ich stehe mit meiner neuen Kollegin am Wickeltisch.

»Ich weiß, für einen Mann ist das immer eine komische Sache, aber wenn du es erstmal drauf hast, dann ist es kein Problem mehr. Das Ganze ist eh hauptsächlich Kopfsache«, sie beginnt zu kichern. »Na gut, und eine Sache der Nase.«

»Es hatte sich im Laufe meiner Praktika nie ergeben.«

»Dafür wird es sich jetzt umso häufiger ergeben. Hoffentlich hast du damit kein Problem?«

»Nein, gar nicht. Ich habe nur noch nie wickeln dürfen. Es wurde nicht so gern gesehen, dass Praktikanten die Kinder wickeln.

Aber ich habe mir gestern Abend sogar extra noch ein Video im Internet angeschaut, um heute nicht komplett blöd dazustehen«, sage ich und merke, wie mir das Blut in die Wangen schießt.

»Sehr löblich!«

»Ich bin mir dafür auch nicht zu fein, oder so. Ich bin aber froh, dass du es mir zeigen möchtest.«

»Klar, nachher erkläre ich es dir, jetzt zeige ich dir nur schnell, wo alle Utensilien zu finden sind. Die Kinder kennen dich ja noch nicht, da wäre es merkwürdig, wenn du direkt so intime Handlungen mit ihnen durchführst. Selbst so kleine Lebewesen haben Rechte und dürfen äußern, wenn sie etwas nicht wünschen«, sagt sie und deutet auf die Plätze, wo ich Handschuhe, Windeln, Feuchttücher und Desinfektionsmittel für das Säubern des Wickeltisches finde.

»So, jetzt hast du deine Werkzeuge sozusagen schon mal gesehen und wie man wickelt, zeigen wir dir nachher. Lass uns jetzt wieder in den Gruppenraum zurückgehen.

Ist es für dich in Ordnung, wenn wir dich mit ein paar Kindern, zwei oder drei von den älteren, für eine halbe Stunde alleine lassen? Wir nutzen donnerstags immer den Snoezelenraum um 09.30 Uhr, aber mit allen Kindern wäre es zu eng und unruhig«, fragt sie mich, während wir den kurzen Weg zum Gruppenraum zurückgehen. »Auch hier ist es natürlich ein Argument, dass dich die Kinder noch nicht kennen, aber wenn wir dich ihnen gleich im Morgenkreis vorstellen, sollte es mit den großen Mitgliedern unserer Gruppe eigentlich kein Problem sein. Wir fragen sie natürlich und wenn alle ablehnen sollten, gehen wir eben doch alle zusammen und ertragen für heute mal die stickige Luft. Jedoch kann ich mir das kaum vorstellen.«

Ein Anflug von Panik wallt in mir auf, als wir wieder bei Doris und den Kindern sind. Als ich allerdings die Kleinen sehe, überkommt mich eine Welle der Gewissheit, dass ich das kann.

Du bist jetzt ein staatlich anerkannter Erzieher und es ist dein Job, deine Berufung, *für diese Kinder da zu sein. Du kannst das!*, rede ich mir selbst Mut zu.

Ich bin jetzt zwar ein ausgebildeter Pädagoge, aber gerade in der ersten Zeit nach der Ausbildung hört man von vielen pädagogischen Fachkräften, dass es sich nicht von einem Tag auf den anderen so anfühlt, als wäre man kein Praktikant mehr. Das ist ein Prozess, der sich über Monate und das erste Jahr hinzieht. Man sammelt Erfahrungen, erlebt Erfolge und Misserfolge. Man reift mit der Zeit zu einem vollwertigen Pädagogen und hört, genauso wie die Kinder, niemals auf zu wachsen.

»Ja, sehr gern«, sage ich und glaube wirklich daran, dass ich es *sehr gern* machen möchte.

Glücklicherweise hatten die großen Kinder kein Problem damit, mit einem ihm fremden Pädagogen in ihrem Gruppenraum zu bleiben und weiter zu spielen. Ich konnte mich sogar kurz mit ihnen unterhalten, aber dann war doch das aufregende Spielzeug im Zimmer interessanter, als der bärtige Typ, der plötzlich auch hier rumsaß.

Ich bin seit ungefähr fünf Minuten mit drei Kindern aus der Gruppe alleine im Raum, als es aus heiterem Himmel klingelt.

Ich erstarre mitten in der Bewegung und lasse das Stäbchen fallen, welches ich gerade mit einem der Kinder in einen ehemaligen Gummibärcheneimer mit Löchern im Deckel (Self-Made-Steckspiel) stecken will.

Ich rappel mich vom Boden hoch und gehe zur Gegensprechanlage, drücke auf den Knopf mit dem Mikrofon und frage, wer herein möchte.

»Luisa!«, ruft eine Frauenstimme.

Ich drücke den Türöffner und begebe mich zurück zu den drei anderen Kindern.

Wenige Minuten später steht eine Frau in der Tür und hält ein Mädchen auf dem Arm, welches kaum älter als ein Jahr zu sein scheint.

»Guten Morgen«, sage ich etwas unsicher und gehe in Richtung Tür.

»Guten Morgen. Schau mal Luisa, ein neues Gesicht!«, sagt die Mama und deutet auf mich.

»Ja, ich arbeite seit heute hier. Mein Name ist Noah«, sage ich immer noch sichtlich nervös.

»Hallo, Noah, das hier ist Luisa«, sagt die Mama und schaut mich erwartungsvoll an.

»Guten Morgen Luisa, schön dich kennenzulernen!«, sage ich mit Freude in der Stimme und frage mich, wie häufig ich noch *Guten Morgen* sagen werde.

Dann passiert für quälend lange 15 Sekunden nichts. Ich verspüre den Drang, etwas sagen zu müssen, um diese unangenehme Stille endlich zu beenden.

»Äh, die anderen beiden Erzieherinnen, Rowena und Doris, sind mit den restlichen Kindern im Snoezelenraum und schauen sich Bücher an«, poltere ich los und lasse kaum hörbare Pausen zwischen den Worten. Es klingt eher wie ein wild zusammengewürfelter Wust an Wortsilben, die vom Vortag übriggeblieben sind.

»Okay«, sagt Luisas Mama und sieht mich weiter erwartungsfroh an.

»Die kommen bestimmt gleich wieder«, sage ich fast tonlos, da mir langsam die Luft wegbleibt.

»Ach so, na ja, möchtest du sie dann erstmal nehmen?«, fragt die Mama und deutet dabei auf die kleine Luisa, die mich mit großen Augen und verschmitztem Lächeln anschaut.

»Äh, ja, natürlich, wenn sie das denn will?«, stammel ich wieder los und wirke mit der Situation genauso überfordert, wie ich auch bin.

Außerdem muss ich dringend damit aufhören, alle Sätze mit Ähm *zu beginnen*, denke ich mir.

»Na klar, Luisa ist sehr pflegeleicht«, sagt ihre Mama, drückt ihrem Kind einen Kuss auf die Stirn und reicht sie mir.

Ich habe bis zu diesem Zeitpunkt noch nie ein so kleines Kind auf dem Arm gehabt und bin mehr als nur ein bisschen nervös.

Ich strecke meine Arme aus und nehme Luisa in den Arm. Ihre Mama wünscht uns einen schönen Tag und verabschiedet sich.

Wie angewurzelt stehe ich in der Mitte des Gruppenraumes und halte Luisa im Arm, die mich interessiert mustert.

Was mir nicht gelingt, nämlich das Eis zu brechen, vollbringt Luisa mit nur einem Griff ihrer kleinen Hand an meinen Bart, den sie erst fasziniert inspiziert und dann kurz daran zieht.

Das findet Luisa scheinbar so lustig, dass sie mir ein Lächeln schenkt, in dem sechs kleine Zähnchen aufblitzen.

Ich schmelze.

Die Kleine ist so niedlich, dass sofort alle Anspannung von mir abfällt und ich mich deutlich wohler fühle.

Mit Luisa auf dem Schoß sitze ich nun wieder bei den anderen Kindern. Sie spielen immer noch völlig unbeeindruckt von meiner peinlichen Vorstellung mit dem

Steckspiel und befördern die bunten Stäbchen mit der ungeahnten Präzision eines Zimmermannes beim Hausbau in den Gummibärcheneimer.

»Wie sieht es aus, Luisa, möchtest du runter und spielen?«, frage ich das kleine Mädchen auf meinem Schoß, welches die Kinder mit großem Interesse verfolgt.

Sie sitzt jetzt seit ungefähr zehn Minuten bei mir und ich denke, dass dies genügend Zeit sein könnte, um anzukommen und sich zu akklimatisieren. Ich starte einen Versuch, sie von mir herunterzubekommen, damit sie ins Spiel findet.

Luisa dreht ihren Kopf zu mir und schaut mich wieder aus großen Augen an. Ich deute ihren Blick als Zustimmung und stelle sie ab, während ich sitzen bleibe und sie an den Armen festhalte.

Luisa steht und rührt sich keinen Millimeter.

»Wenn du möchtest, darfst du gerne loslaufen, Luisa«, versuche ich sie anzuspornen, aber sie setzt keinen Fuß vor den anderen.

Das Mädchen bleibt wie festgenagelt an Ort und Stelle stehen.

»Du möchtest wohl noch nicht los. Möchtest du dich wieder zu mir setzen?«, frage ich und Luisa dreht sich zu mir, löst ihre Hände aus meinen und streckt mir ihre Arme entgegen, als Zeichen, dass sie hoch möchte.

Ich tue ihr den Gefallen und setze sie auf meinen Schoß. Sie macht es sich gemütlich und beobachtet weiter die Kinder, die immer noch mit dem Steckspiel beschäftigt sind.

Kurz darauf beenden die anderen das Spiel und widmen sich dem Spielzeugparkhaus und den dazugehörigen Autos.

Luisa fährt mit ihrer Beobachtung fort und quietscht dabei manchmal erfreut.

Wenige Augenblicke später öffnet sich die Tür des Gruppenraumes und die beiden Erzieherinnen kommen mit den restlichen Krippenkindern aus dem Snoezelenraum zurück.

»Na, war alles in Ordnung bei euch?«, fragt Doris mit einem Lächeln auf den Lippen.

»Ja, hat alles funktioniert, gab keine Unfälle oder Ähnliches«, sage ich mit einem etwas gezwungenen Lächeln auf den Lippen.

»Wie ich sehe, ist Luisa auch da. Guten Morgen Luisa!«, begrüßt sie die Kleine überschwänglich, die das Ganze mit einem freudigen Prusten erwidert.

»Ihre Mama hat sie vor ein paar Minuten gebracht, aber sie scheint noch etwas müde zu sein. Sie möchte bisher nicht loslaufen, sondern lieber bei mir sitzen bleiben und ankommen«, sage ich und blicke in das belustigte Gesicht meiner neuen Kollegin.

»Luisa möchte also noch nicht laufen?«, fragt sie lachend.

»Ja, ich habe sie abgesetzt, aber bisher hat sie sich noch nicht bewegen wollen. Sie stand wie angewurzelt da, also habe ich sie wieder hochgenommen.«

Sie schaut mich weiter lächelnd an und Doris trägt den gleichen Gesichtsausdruck zur Schau.

»Das hat einen ganz einfachen Grund, Noah«, erwidert sie kichernd. »Luisa kann noch gar nicht laufen.«

Der restliche Tag verlief mit viel Aufregung und Neuem.

Ich habe Rowena beim Wickeln zugeschaut, aber noch nicht selber gewickelt, da mich die Kinder nicht kennen. Sie hat mir dabei erzählt, dass sie schon seit fünf Jahren in dieser Einrichtung arbeitet und vorher jahrelang in einem Hort tätig war.

Wenn mich die Kinder in den nächsten Tagen besser kennengelernt haben, werde ich es auch mal selbst probieren.

Klingt fast wie eine Drohung, denke ich. *Die werden mich noch richtig kennenlernen.*

Ich ging während der Mittagszeit zu meiner Chefin und bekam den Schlüssel sowie einen Transponder für die Eingangstür ausgehändigt.

Meine neuen Kolleginnen erzählten mir viel Klatsch und Tratsch, das gehört wohl dazu. Aber ich wusste ja, was auf mich zukommt, schließlich hatte ich mich für einen Beruf entschieden, der zu einem sehr großen Teil von Frauen ausgeübt wurde. Ich bin auf jeden Fall gespannt, was mich in Bezug darauf noch erwarten wird, aber im Moment interessiert mich nur die Arbeit mit den Kindern. Ich freue mich darauf, endlich in dem aufzugehen, was mir am ehesten liegt.

Als ich Feierabend hatte, überkam mich das wohlig warme Gefühl, das man wohl verspürt, wenn man nach einem langen, harten Arbeitstag, an dem viel geschafft wurde, nach Hause geht.

Den ersten Tag hatte ich gemeistert. Blieben noch ungefähr 15.000 weitere bis zur Rente, abzüglich der Wochenenden und Feiertage.

Erziehung

Dir werde ich Flötentöne beibringen
Sagte der Vater zum Knaben
Doch wenn er lieber Geigenklänge mag
Wird er es im Leben schwierig haben

Luftballons

Geduld ist eine Tugend

Ich sitze am neuen Maltisch der Krippengruppe und darf gleich Luftballons aufpusten.

Ben feiert heute seinen zweiten Geburtstag. Zum Frühstück durften wir uns, gemeinsam mit den Kindern, einen leckeren Kuchen und allerlei Gemüse in verschiedensten Variationen einverleiben. Seine Mama hatte mehrere Gurken zu gefräßigen Alligatoren geschnitzt und drapiert und wir waren alle hellauf begeistert.

Rowena und Doris hatten direkt nach dem Frühstück das Wickeln der Kinder übernommen, während ich mich um das Aufräumen der Küche gekümmert hatte. Kleiner Tipp an alle, die das zum ersten Mal machen: Zuerst die Tische wischen und danach den Boden fegen. Ob sich während meines Aufenthalts in dem Raum die Anzahl an Kuchenstücken dezimiert hatte, ließ sich nicht mehr nachverfolgen.

Mir kommt nun die große Ehre zu, das Aufpusten der Luftballons zu übernehmen.

Die Kinder spielen im Raum verteilt mit diversen Spielzeugen und werfen Luftschlangen um sich, während Volker Rosins *Der Gorilla mit der Sonnenbrille* in voller Lautstärke durch den Raum dröhnt. Die Kinder tanzen aufgeregt umher, laufen um den Tisch, auf dem der alte CD-Player steht, und klatschen neben dem Takt zu der Musik.

Rowena sitzt mit ein paar Jungen und Mädchen auf dem Boden und hat den älteren Kindern Tröten in diversen Farben und Größen gegeben.

Manche von ihnen können schon richtig gut in die Partyinstrumente pusten, während bei anderen nur der Sabber läuft.

Ich schaue fasziniert auf einen Speichelfaden, der einem der Mädchen aus dem Mundwinkel hängt.

»Pusten ist etwas, was man lernen muss«, hatte mir Rowena wenige Minuten vorher erklärt.

Mir war wirklich nicht bewusst, dass das für Kinder gar nicht so leicht ist und meistens mehr Spucke als Luft dabei rauskommt.

Wieder eine Sache, die ich gelernt habe. Ich bin erst seit wenigen Tagen hier und habe jetzt schon mehr erfahren, als in den Jahren der Ausbildung. Zumindest erscheint es mir so. Aber nicht verwunderlich. Während der Zeit in der Schule gab man mir das Handwerkszeug in die Hände, doch damit umgehen muss ich nun selbst. Dabei sollte man auch bedenken, dass es darum geht, etwas aufzubauen und zu erschaffen und nicht zu zerstören, geht es mir durch den Kopf und bevor ich komplett abdrifte, hole ich mich selbst wieder an den Maltisch zurück. Dann wende ich mich meiner Aufgabe zu.

Vor mir auf dem Tisch liegen drei Packungen Luftballons. Sie sind in verschiedenen Farben und Größen vorhanden. Von blau bis rot und von rund bis länglich ist alles vertreten, was man sich nur vorstellen kann. Einige sind sogar mit buntem und glitzerndem Konfetti gefüllt.

Ob das so eine gute Idee ist? Die lasse ich mal lieber weg, denke ich.

Zwei verschieden große Luftpumpen liegen ebenfalls bereit, um die Ballons aufzupusten.

Als ob ich dafür ein Hilfsmittel brauche. Selbstsicher greife ich mir einen grünen, länglichen Luftballon.

Ein paar der Krippenkinder stehen erwartungsfroh um mich herum. Mit großen Augen schauen sie zu mir und sind in freudiger Erwartung, dass sie bald einen hübschen, farbigen Luftballon bekommen, den sie dann durch den Gruppenraum prügeln können.

Ich atme tief ein und führe die Öffnung des Ballons an meinen Mund. Ich nehme den kleinen Kreis zwischen die Lippen, ziehe noch mehr Luft durch meine Nase ein und puste mit aller Kraft, die ich in den Lungen habe, in den Luftballon hinein. Dazu muss ich erwähnen, dass ich in meinem Leben noch nie eine Zigarette geraucht habe, nicht mal daran gezogen.

Meine Augen treten hervor, meine Halsschlagader schwillt an und mein Kopf wird puterrot, während ich die Luft aus meinen Lungen über meine Luftröhre in meine Mundhöhle gleiten lasse, um sie dann in den grünen Ballon hineinzublasen.

Man hört ein kurzes, flatulierendes Geräusch.

Ich ziehe schnell und gierig wieder neue Luft in meine Lungen und schaue, in der Gewissheit, dass es geklappt hat, auf den Ballon.

Nichts.

Das kann doch nicht wahr sein!, denke ich frustriert und schaue mir den schlaffen und luftleeren Gummifetzen an.

»Sah so weit ganz lustig aus, aber die Luftpumpe liegt da nicht ohne Grund«, sagt Rowena lächelnd, während sie Klaus den Sabber vom Kinn wischt.

In meiner Ehre als Mann gekränkt setze ich erneut an, hole tief Luft und puste in die Öffnung.

Als mir schwarz vor Augen wird, nehme ich den Gummiring aus dem Mund und schaue den Ballon in meiner Hand an.

Nichts.

Ich schaue möglichst unauffällig in Rowenas Richtung, um zu sehen, ob sie meinen zweiten kläglichen Versuch auch bemerkt hat.

»Ich empfehle die große, blaue Pumpe. Mit der kleinen, roten dauert es bei den länglichen Ballons ewig«, sagt sie, während sie Tim aus einem Knäuel Luftschlangen befreit.

Sie scheint es bemerkt zu haben, denke ich peinlich berührt und nehme die blaue Pumpe.

Ich stülpe den Gummiring über die Öffnung der Plastikpumpe und beginne damit, den Griff wiederholt in das Gehäuse zu drücken.

Der Ballon wird immer größer, bis er sich plötzlich von der Pumpe löst und mit lautem Getöse durch den Raum fliegt. Die austretende Luft erzeugt Geräusche, die bei den Kindern für viel Erheiterung sorgt.

Als der Ballon auf dem Boden aufschlägt, eilen zwei Jungs an die Absturzstelle, um die Überreste des Wracks zu begutachten.

»Ballong kappuht?«, fragt Klaus, der sich als erster einen Überblick über den Sachschaden verschafft hat.

»Nein, der ist nicht kaputt. Noah hat nur vergessen, den Ring an der Öffnung zu befestigen«, sagt Rowena, ohne aufzuschauen, während sie Abtin einen Holzlöwen aus dem Mund nimmt.

Ich sitze immer noch erschrocken an meinem Platz und rühre mich nicht.

Klaus bringt mir den Luftballon zurück und hockt sich vor mir auf den Boden, um weiterhin an der grandiosen Vorstellung teilzuhaben, die ich allen Anwesenden am heutigen Tage biete.

Als ich mich wieder gefasst habe, stülpe ich erneut den Gummiring über die Öffnung, befestige ihn dieses Mal und beginne wiederum zu pumpen.

Prompt gelingt es mir, den Luftballon aufzupumpen, ohne dass er davonfliegt und ohne eine weitere Bruchlandung zu riskieren.

Das sollte langsam reichen, sonst ..., denke ich gerade, aber meine Gedanken werden von einem lauten Knall unterbrochen.

Peng!

Kleine, grüne Gummifetzen rieseln zu Boden.

Keines der Kinder weint oder wirkt erschrocken.

Mein Herz rast.

Mir ist heiß.

Meine Atmung setzt langsam wieder ein.

»Erschrocken?«, fragt Rowena und schaut dieses Mal zu mir.

Ich sammle mich gerade wieder und beruhige mich etwas von dem Schock.

»Ja, sehr sogar«, sage ich schwer atmend.

»Die Ballons explodieren beim Spielen reihenweise. Die Kinder nehmen ja alles in den Mund und dabei kann es durchaus vorkommen, dass der eine oder andere Milchzahn einen Ballon zum Platzen bringt. Unsere Kinder sind daran gewöhnt«, sagt sie ruhig und gelassen.

»Schön und gut, aber ich habe mir gerade vor Schreck beinahe in die Hosen gemacht! Wie kannst du denn so ruhig bleiben? Hast du einen Ruhepuls von zwanzig?«, frage ich leicht überdreht und immer noch aufgebracht.

»Ich bin Erzieherin, was denkst du denn? Uns bringt so schnell nichts aus der Ruhe und unser Puls steigt nur in wenigen Momenten«, sagt sie belustigt, während sie Abtin dieses Mal einen Esel aus der Nase zieht.

»Ach ja? Und in welchen Augenblicken könnte der Puls steigen?«, frage ich ehrlich interessiert und freue mich über die Möglichkeit, von meiner peinlichen Vorstellung abzulenken.

»Also zunächst einmal stören uns ganz viele Dinge nicht, die andere durchaus auf die Palme bringen würden.

Wenn zum Beispiel die Windel eines Kindes so prall gefüllt ist, dass sie schon explodiert und es vom Nacken bis zum Hacken voll ist, ist das für uns Erzieherinnen und

Erzieher kein Problem. Wir säubern das Kind, verpassen ihm eine neue Windel, lächeln dabei und singen ein Lied.

Sollte sich ein Kind während des Essens über den gesamten Tisch übergeben, dann säubern und desinfizieren wir alles, rufen die Eltern des Kindes an und betreuen fürsorglich das kleine Kind, bis Mama und Papa kommen.

Sogar, wenn ein krankes Kind, das wir mit Fieber nach Hause geschickt haben, am nächsten Tag wieder in den Kindergarten gebracht wird, bleiben wir ruhig. Da steigt der Puls langsam, aber wir machen unsere Arbeit, zum Wohle des Kindes.

Aber ausflippen könnten Erzieher, wenn sie von Eltern hören, dass *sie ja einen tollen Job haben* und dass diese Eltern auch gern *den ganzen Tag Kaffee trinken und spielen* würden«, erklärt Rowena und ich sehe Blitze in ihren Augen zucken.

Ich habe ihr aufmerksam zugehört und denke, dass ich die Punkte gut nachvollziehen kann.

»Diese Art von Geduld klingt wie eine Superkraft«, denke ich laut.

»Du darfst mich gern *Wonder Woman* nennen, wenn du möchtest«, schmunzelt Rowena und putzt Klaus wieder die Nase.

Nicht so!

Rowena ist gerade mit Tamara ins Bad gegangen, um ihr eine neue Windel zu wickeln, als ich bemerke, wie viel Spaß es dem einzigen verbliebenen Erwachsenen im Raum (*mir*) bereitet, die Luftballons nicht mehr an der

Öffnung an der Pumpe zu befestigen und sie einfach wild im Gruppenraum umherfliegen zu lassen.

Das eine oder andere Kind findet es auch recht amüsant, doch keiner kann so wirklich meine Faszination teilen.

Klaus steht vor mir und schaut mich ungeduldig an.

»Was denn?«, frage ich etwas geistesabwesend.

»Ballong puhsten!«, sagt er energisch.

»Mach ich doch und schau mal, wie sie fliegen!«, antworte ich und lasse den nächsten Ballon durch den Raum flattern, bin aber der Einzige, der die Flugbahn mit großen Augen verfolgt.

»Nicht so!«, ruft Klaus danach und hebt seine Arme zu einer fragenden Geste empor, als würde ich nichts verstehen und er es mit mir aufgeben.

»Wieso?«, frage ich etwas verwirrt.

»Grooß!«, sagt Klaus und formt mit seinen kleinen Ärmchen einen großen Kreis.

»Möchtest du lieber einen richtig aufgepusteten Ballon haben?«, frage ich ihn.

»Ja!«, sagt er energisch, nimmt die Arme runter und seine Augen leuchten vor Freude. Sein Blick spricht Bände: *Endlich hat er es verstanden!*

»Na gut, dann puste ich dir einen auf«, sage ich und möchte gerade wieder einen Ballon auf die Pumpe stecken, als Klaus aufgeregt dazwischenfunkt.

»Nein! Nicht so!«, ruft er und nimmt mir den Ballon aus der Hand, den ich gerade aufpusten wollte.

»Wie dann?«, frage ich und runzle die Stirn.

»So pusten!«, sagt er und führt den Gummiring ganz nah an seinen Mund, berührt ihn aber nicht. Dann holt er tief Luft und pustet in Richtung Luftballon, der sich in dem Luftzug leicht bewegt.

Ich schaue Klaus sowohl begeistert, als auch entzückt an.

Er hat das ganz toll erklärt und vorgeführt. Ich bin schwer beeindruckt! Faszinierend, wie Kinder Zusammenhänge erkennen und darstellen können, denke ich und bin sehr stolz auf Klaus.

»Du meinst also, ich soll den Ballon mit dem Mund aufpusten?«, frage ich ihn.

»Ja! Pusten!«, wiederholt Klaus besonders betonend und langsam für Dumme (*also für mich*).

Er hält mich gerade wirklich für schwer von Begriff, denke ich schmunzelnd.

»Ich puste ihn lieber wieder mit der Pumpe auf, das geht besser«, sage ich, greife den Luftballon vom Tisch und möchte ihn gerade erneut an der Pumpe befestigen, als mir Klaus zum wiederholten Male in die Parade fährt.

»Nein! Nicht so!«, ruft er und nimmt mir energisch die Luftpumpe aus der Hand.

Er dreht sich zum Maltisch, sagt dabei immer wieder »nein, nein, nein« und legt die Pumpe kopfschüttelnd auf den Tisch. Dabei scheint er wohlbedacht darauf zu sein, dass das Gerät außerhalb meiner Reichweite liegt.

Hat mir gerade ein Zweijähriger was weggenommen?, denke ich, als sich Klaus wieder zu mir herumdreht und mich erwartungsvoll anschaut.

Er zeigt, weil ich immer noch keine Anstalten mache den Ballon aufzupusten, erneut auf den Gummifetzen in meiner Hand und wiederholt seine Forderungen.

»Ballong puhsten, Noah!«, sagt er und ahmt erneut das Aufpusten eines Ballons nach.

»Aber mit der Pumpe geht es besser!«, versuche ich ihn erneut umzustimmen.

»Nein. Dann kaputt!«, wiederholt er.

Ich gebe mich geschlagen und setze den Luftballon erneut an meine Lippen, schaffe es aber wieder nicht, den Ballon aufzupusten.

Darf es in Kindergärten überhaupt Luftballons geben, die man mit dem Mund aufpusten kann?, frage ich mich gerade, als Rowena mit Tamara aus dem Bad zurückkommt.

»Na, hast du noch nicht genug? Versuchst du es schon wieder?«, fragt sie lächelnd.

»Ja. Klaus hat mir die Pumpe weggenommen. Ich habe damit zu viel herumgespielt«, sage ich etwas eingeschnappt.

»So rum funktioniert das also auch«, sagt sie lachend, kommt zu uns an den Tisch, nimmt einen der rosafarbenen Ballons, setzt ihn an ihre Lippen und pustet ihn mit Leichtigkeit auf.

Ich starre sie voller Ehrfurcht an.

»Wie machst du das? Bist du eine Zauberin? Ein Jedi? Das geht doch gar nicht!«, sage ich empört.

»Viel zu lernen du noch hast«, imitiert sie kichernd Meister Yoda und reicht Klaus seinen heiß ersehnten Luftballon, welcher ihn freudestrahlend entgegennimmt, damit durch den Raum rennt und auf alles einprügelt, was sich nicht schnell genug vor ihm in Sicherheit bringen kann.

Grüner Zweig

Du bringst Wärme in dieses kalte Haus
Welches ruht am Ende aller Straßen
Du trägst einen grünen Zweig im Herzen
Auf dem sich kleine Vögel gerne niederlassen

Ein ganz scharfes Bonbon

Ich sitze in der Krippengruppe von Rowena und Doris auf dem Boden und höre meinen Magen knurren. Es gleicht dem verzweifelten Gebrüll eines verhungernden Braunbären.

»Oha, Noah hat wohl Hunger!«, verkündet Rowena den Kindern, die das im Chor mit einem lauten *Jaaaah* quittieren. Sie selbst hebt gerade ein Kind hoch, hält den Windelpo vor ihre Nase und nimmt einen tiefen Zug, um zu evaluieren, woher der strenge Geruch im Raum kommt.

»Ja, ich habe heute leider mein Essen zu Hause vergessen«, sage ich etwas kleinlaut. Das passiert mir zu meinem Bedauern häufiger und am Morgen war ich zu spät dran, um mir noch eine Kleinigkeit von dem Bäcker zu holen, an dem ich jeden Tag vorbeifahre.

Anfängerfehler. Wenn das heute so weitergeht, fange ich noch an, an mir selbst rumzukauen.

»Wir haben eine magische, rote Kiste bei uns in der Küche. Da sind ein paar Reserven für den Notfall drin. Hauptsächlich *ganz scharfe Bonbons*«, eröffnet mir Rowena, während sie weiter auf der Jagd nach dem Häufchen ist.

»Echt? Darf ich da mal reinschauen?«, frage ich hoffnungsvoll und höre meinen Magen ohrenbetäubend laut knurren.

Was meint sie mit ganz scharfen Bonbons*?*, frage ich mich zeitgleich in Gedanken, spreche die Frage allerdings nicht aus.

»Ja, es klingt ja äußerst dringlich. Doris befüllt sie immer sehr sorgfältig«, kichert Rowena, die gerade bei einem Kind in die Windel reinschaut, aber auch dort nicht das findet, was sie sich davon erhofft hat.

Doris hatte sich am Morgen krank gemeldet und da auch einige Kinder der Gruppe erkältet sind, arbeiten Rowena und ich heute nur zu zweit. Der Tag war bisher recht ruhig und entspannt, die Mitglieder der Gruppe haben gute Laune und spielen schön. Es läuft so gut, dass ich mich voll und ganz auf das große, schwarze Loch in meinem Magen konzentrieren kann.

Ich stehe auf und gehe in die Küche der Krippengruppe und entdecke sofort die rote Kiste, als wäre sie von einem Heiligenschein beschienen, oder ein wichtiger Questgegenstand in einem Online-Rollenspiel.

Als ich an dem besagten Schatz angelangt bin, glaube ich kurz, dass ich mich wirklich im Himmel befinde.

Vor mir steht ein roter Korb, in dem sich ein Berg von Süßigkeiten befindet. Bergeweise Gummibärchentüten,

Schokolade in allen Formen, Größen und Geschmacksrichtungen, sowie diverse Fruchtbonbons.

Heiliger Strohsack! Das nenne ich mal Nervennahrung de luxe. Da finde ich unter Garantie etwas, das mir schmeckt. Endlich werde ich von meinem Leid erlöst!, denke ich und beuge mich zum Korb herab, um mich mit ein paar Bonbons, einer Tafel Schokolade und einer kleinen Tüte Gummibärchen auszurüsten. Ich möchte ja nicht zu gierig erscheinen.

Aber was meinte sie nun mit ganz scharfen Bonbons*? Scharf ist davon ja nichts, das ist ja eher alles Süßkram. Nicht mal was Salziges und die Bonbons sind auch überschaubar*, denke ich und gehe mit vollen Taschen zurück in den Gruppenraum.

»Da bist du ja wieder. Ich hoffe, du bist fündig geworden?«, fragt Rowena, als ich erneut den Raum betrete.

»Ja, bin ich, aber was ... », setze ich gerade an, um nach der Bedeutung der *ganz scharfen Bonbons* zu fragen, doch werde ich umgehend von Rowena unterbrochen.

»Ich bin auch fündig geworden und habe die volle Windel gefunden. Ich gehe Klaus ganz schnell wickeln, bevor das noch weiter gärt oder er wund wird. Bin sofort wieder da«, sagt sie, steht auf, nimmt den kichernden Jungen unter den Arm und verschwindet aus der Gruppenraumtür in Richtung Badezimmer.

Als ich die beiden davongehen sehe und an Klaus denke, fällt mir ein, dass ich am Wochenende Fußball geschaut habe und die Aufstellung von Wolfsburg schon verblüffende Namen beinhaltet hatte.

Arnold, Steffen, Klaus, Gerhardt. Als würde im Jahr 1962 eine Kindergärtnerin die Schmetterlingsgruppe zusammenrufen, hatte ich meinem Papa beim Fußballschauen mitgeteilt. Gelacht hatte er zwar nicht, aber ich habe eine Weile dümmlich grinsend vor mich hin gekichert.

Während ich in Gedanken gerade die Aufstellung durchgehe und an das gestrige Spiel denke, leere ich meine Taschen auf dem Schreibtisch aus und schaue mir an, welches schmackhafte Schnabulat ich mir zuerst einverleiben möchte.

Ich entscheide mich für eines der Bonbons, befreie es von seiner Cellophanverpackung, stecke es mir in den Mund und blicke in den Raum.

Vor mir stehen und knien acht Krippenkinder mit offenen Mündern, großen Augen und nach oben gereckten Händen.

Ich komme mir vor, als wäre ich das kleine Mädchen im zweiten *Jurassic Park*-Film, das von den flinken Compsognathus angegriffen wird, weil es ein Sandwich in der Hand hält.

Wieso kommen mir während der Arbeit so häufig Jurassic Park-*Vergleiche in den Sinn?*, frage ich mich gerade, als ich merke, dass die Kinder immer näher kommen und jede Bewegung des Bonbons in meinem Mund zu verfolgen scheinen, als hätten sie Röntgenaugen.

In meinen Gedanken beginnt laut das *Der weiße Hai*-Musik-Thema zu dröhnen.

DöDöDöDöDöDö-DÖ!

Ich bemühe mich, das halb aufgekaute Bonbon krampfhaft herunterzuschlucken, um diesem unangenehmen

Moment zu entfliehen, aber es bleibt in meinem Hals stecken. Ich versuche, das Bonbon an meinem Kehlkopf vorbeizuschieben, was mehr als schmerzhaft ist.

Als es mir gerade gelingt, den störrischen *Fruchtkauer* meine Speiseröhre hinunterzupressen, erscheint Rowena wieder in der Tür.

»Oha, das sieht ja aus, als hätte dich ein Schwarm Piranhas umzingelt!«, sagt sie lachend von der Tür aus und setzt dann den frisch gewickelten Klaus ab, der sich sofort zu dem restlichen Schwarm gesellt, um zu sehen, was es auf dem Schreibtisch zu holen gibt.

Was für ein Bonbon war das denn? Sperrig, wie eine Schrankwand, denke ich und huste leicht.

Gerade erhole ich mich noch von den Strapazen, die mir der Überfall und das sperrige Bonbon bereitet haben und atme schwer.

»Kinder, ihr könnt euch wieder beruhigen. Das ist nur ein *ganz scharfes Bonbon* für Erwachsene«, sagt Rowena und vor meinen Augen offenbart sich ein Anblick, der mich absolut fasziniert.

In dem Moment, in dem ihre Erzieherin sagt, dass es sich um ein *ganz scharfes Bonbon* handelt, verlieren prompt alle Kinder das Interesse an mir und den Süßigkeiten und zerstreuen sich wieder in den gesamten Gruppenraum.

Ich kratze mich am Bart und schaue Rowena verwirrt und mit durch den Hustenanfall geröteten Augen an, wie ein kleines Kind, das unbedingt herausfinden möchte, wie der Magier den Hasen aus seinem Hut gezaubert hat.

»Wie hast du das gemacht?«, frage ich und sofort überkommt mich ein erneuter Hustenanfall.

»Ich hatte dir doch gesagt, dass es *ganz scharfe Bonbons* sind, die wir für den Notfall aufbewahren. Kennst du das nicht?«, fragt sie belustigt, während sie Paul die Nase putzt.

»Nein und ich hatte mich auch schon gewundert, was du damit meinst, wenn ich ehrlich bin. Ich wollte dich gerade danach fragen, als du dann mit Klaus zum Windeln wechseln gegangen bist«, sage ich und klopfe mir leicht auf die Brust, um das Gefühl des Erstickens langsam loszuwerden.

»Die Kinder möchten natürlich auch etwas abhaben, wenn wir Erzieherinnen uns zwischendurch mal was Süßes in den Mund stecken. Unser Essen ist auch beim Mittagessen immer viel interessanter, als das Essen der Kinder. Deshalb sagen wir immer, dass unser Essen *ganz scharf* ist. Natürlich ist es nicht im eigentlichen Sinne scharf, sondern mehr wie ein Hustenbonbon, das ein wenig im Rachen brennt«, erklärt sie mir weiter.

Ich schaue sie irritiert an.

»Die Kinder mögen dieses Essen oder solche Süßigkeiten nicht und kennen das schon sehr früh. Deshalb ist das unser geheimes Codewort, wenn wir uns mal was zu Naschen holen, wovon wir den Kindern leider nichts abgeben dürfen, auch wenn wir es gerne würden«, beendet Rowena ihre Ausführungen.

Ich habe mich derweil von meinem Erstickungsversuch erholt (*zählt das eigentlich als Arbeitsunfall? Ich muss mal meine Versicherung anrufen*) und denke über das soeben Gehörte nach.

»Praktisch und sinnvoll, da wir den Kindern ja leider nichts von den privaten Lebensmitteln abgeben dürfen«, pflichte ich bei.

»Du hast es erfasst«, sagt sie und gibt Ron seine Trinkflasche, damit er etwas trinken kann.

»Außerdem passt es mir ganz gut, da ich scharfes Essen absolut nicht mag. Kurz hatte ich Angst, dass ich nur scharfes Essen finde«, sage ich und wische mir imaginären Schweiß von der Stirn.

Ich habe mich mittlerweile wieder an meine Süßigkeiten gemacht, ein schon ausgepacktes Stück Schokolade gegriffen und es mir genüsslich in den Mund gesteckt.

»Ich glaube, ich hatte mal ein Stück Chilischokolade da drin, aber das war mir viel zu scharf. Das hat mir mein Bruder mal aus Amerika mitgebracht«, sagt Rowena, während sie in weiser Voraussicht, einen Spielzeugdino aus dem Weg räumt, über den Tim in den nächsten 3,2 Sekunden gestolpert wäre.

Ich schaue Rowena mit großen, roten Augen an, aus denen dicke Tränen laufen.

Mein Mund steht in Flammen.

»Ich sehe, du hast die *ganz scharfe* Schokolade gefunden«, sagt Rowena mitleidig mit zusammengekniffenem Blick, während ich mich mit tränenden Augen, laufender Nase und brennender Zunge in die Küche begebe, um so viel Milch zu trinken, wie ich finden kann.

Vatertag

Ist die Säge auch mal nicht so scharf
Oder mach ich was, was ich nicht darf
Möchte ich, dass du niemals vergisst
Dass du der Größte für mich bist

Regenwurm und Panzer

Heute darf ich im Kindergarten aushelfen und bin bei einem Ausflug ins Puppentheater dabei. Dort wollen wir uns eine Aufführung des *Traumzauberbaums* von Reinhard Lakomy anschauen.

Die Kinder sind schon seit Tagen ziemlich aufgeregt und freuen sich sehr auf den Besuch des Puppentheaters.

Ich habe den Morgenkreis leiten dürfen und ich fühlte mich wie Chris Pratt in *Jurassic World.*

Schon wieder vergleiche ich die Arbeit mit einem Film voller gefährlicher Dinosaurier. Immerhin mal nicht Star Wars. Planet der Affen *könnte aber manchmal auch passend sein*, denke ich schmunzelnd, während mir der Morgenkreis in den Sinn kommt.

Den Kreis zu organisieren war so, als würde ich ein Rudel Raptoren bändigen wollen. Ich hatte vorher überlegt, ob ich mir eine Peitsche, wie *Indiana Jones* besorgen sollte, um alle unter Kontrolle zu bringen, aber das wäre wohl zu viel des Guten gewesen. Nach einer Weile kam Ruhe in die Gruppe und wir konnten den Morgenkreis normal durchführen. Ganz ohne Bisswunden oder verlorene Finger.

Nun sind wir auf dem Weg zum Puppentheater und für viele pädagogische Fachkräfte, ob neu im Beruf oder schon erfahrener, sind Ausflüge von Panikattacken, Schweißausbrüchen und erleichtertem Seufzen geprägt.

Die Kinder laufen in Zweierreihen, Hand in Hand, hintereinander. Dabei reden sie entspannt und ausgelassen miteinander.

Ich laufe am Ende und kann den Gesprächen der Kinder lauschen.

»Ich war gestern im Zoo!«, sagt Martin zu Tom.

»Wow! Hast du da auch Pandabären gesehen?«, fragt dieser aufgeregt.

»Nein, aber Erdbeeren!«, sagt Martin mit einem Anflug von Stolz in der Stimme.

»Erdbären? Waren die im Zoo? In einem Käfig?«, fragt Tom etwas irritiert.

»Nein, meine Mama hatte welche mitgebracht, damit wir sie essen können«, antwortet Martin.

In Toms Gesicht spiegelt sich Entsetzen wider.

»Du hast Bären gegessen?«, fragt er leise, als könne er das eben Gehörte nicht glauben.

»Ja, die waren sehr lecker!«, sagt Martin.

»Waren die nicht viel zu groß?«, fragt Tom mit weit aufgerissenen Augen und offen stehendem Mund.

»Ja, da waren echt große dabei!«

»Wie hast du die denn gegessen? Da ist doch Fell dran!«

»An Erdbeeren ist doch kein Fell. Das sind nur Kerne«, sagt Martin leicht irritiert.

Ich entschließe mich dazu, Tom aufzuklären, nachdem ich kurz in mich hineingeschmunzelt habe.

Als ich alle Klarheiten beseitigt habe, konzentriere ich mich wieder auf die Gasse, in die wir gerade eingebogen sind.

Der Weg zu dem altehrwürdigen Gebäude führt fast ausschließlich durch schmale Straßen und Gassen.

»Es ist verdammt eng hier«, sage ich an Kristin gerichtet.

»Ist doch nicht so schlimm«, antwortet sie locker und behält dabei *ihre Pappenheimer* im Blick, die gerne mal aus der Reihe tanzen.

»Wenn uns gleich Leute entgegenkommen, dann wird es hier zu eng und wir müssen uns ganz umständlich an die Wand quetschen. Das wird Unordnung in die Reihen bringen und bei der Aufregung wird es schwer, die Kinder wieder in Zweierreihen aufzustellen«, sage ich etwas neunmalklug. Dass ich die Weisheit mit Löffeln gefuttert habe, möchte ich nicht suggerieren, aber in der Überheblichkeit eines Anfängers, der die Erzieher-Welt retten möchte, kann das schon mal aus Versehen so rüberkommen.

Bei dem Gedanken an das Chaos, das entstehen würde, wenn uns jetzt jemand entgegenkäme, kann ich sofort das Fauchen einiger hungriger Raptoren zur Fütterungszeit in meinem Kopf hören.

»Du machst dir zu viele Gedanken«, sagt Kristin immer noch entspannt.

»Aber bei einem Ausflug kann so viel passieren! Als Erzieher oder Erzieherin stehen wir doch sowieso mit einem

Bein im Gefängnis. Hat mir eine ehemalige Mentorin mal gesagt«, sage ich und steigere mich immer mehr in meine Hysterie.

»Natürlich und deshalb muss man besonders aufmerksam sein, mein Lieber. Du bist neu und gerade frisch von der Schule gekommen, da hast du sicherlich noch mehr Ängste, als pädagogische Fachkräfte mit mehr Erfahrung.

Die Einstellung, dass du mit einem Bein im Gefängnis stehst, solltest du schnell wieder ablegen, sonst schlägt dir das bei der Arbeit nur aufs Gemüt und du kannst nicht befreit mit den Kindern arbeiten«, sagt Kristin und versucht, mir damit meine Besorgnis zu nehmen.

»Du hast vermutlich recht. Mit mehr Erfahrung sehe ich das Ganze anders. Man hört während der Ausbildung halt nur die Negativbeispiele, was alles passieren kann. Na ja, in der Zeitung wäre die Schlagzeile *Inge kommt heil von der Arbeit nach Hause* wohl auch kein Verkaufsschlager«, sage ich und beruhige mich wirklich langsam.

»Erfahrung ist allerdings nicht alles. Vorbereitung ist auch wichtig! Du musst mit deinen Kindern vor den Ausflügen sprechen und Regeln aufstellen, an denen sie sich orientieren und die sie nachvollziehen können. Dann fällt es ihnen leichter, sich daran zu halten und du bekommst während des Ausfluges keine Magenschmerzen«, sagt Kristin.

Im nächsten Moment kommt uns eine junge Familie, bestehend aus Mutter, Vater und zwei Kindern in der schmalen Gasse entgegengelaufen.

Vor meinem inneren Auge sehe ich schon das Chaos, das ich gleich wieder ordnen darf. Passend dazu spielt mein Gehirn den Soundtrack einer Massenkarambolage. Doch dann erklingt plötzlich Kristins Stimme laut in der Gasse und hallt von den Wänden wider.

»Kinder! *Regenwurm!*«, ruft sie.

Vor meinen Augen ereignet sich etwas, das mich für lange Zeit faszinieren wird.

Die Kinder, die auf der rechten Seite laufen, lassen unmittelbar nach dem Kommando ihren Partner los, treten einen Schritt zurück reihen sich hinter ihrem vorherigen Nebenmann ein und laufen in einer langen Schlange im Gänsemarsch weiter.

Die schmale Gasse ist nun breit genug für die kleine Familie und die in einer Reihe laufenden Kinder, sodass sie ohne Probleme aneinander vorbeigehen können. Wie bei einem riesigen Regenwurm ist jedes Kind ein bewegliches Segment im Körper des Tieres und schlängelt sich an den Hindernissen vorbei.

Als die Familie vorbeigelaufen ist, ertönt Kristins Stimme wieder in der Gasse.

»Kinder! *Panzer!*«, ruft sie.

Die Kinder nehmen wieder ihre vorherige Position an der Seite ihrer Partner ein und setzen ihren Weg in Zweierreihen fort.

Ich stehe mit offenem Mund immer noch wie angewurzelt an Ort und Stelle.

»Ich sage ja, Vorbereitung ist wichtig«, sagt Kristin, als wäre die Aktion so normal wie Zähneputzen nach dem Aufstehen.

Hochachtungsvoll

Mein lieber Freund, ich schreibe dir
In einer wichtigen Angelegenheit
Wir haben uns viele Jahre nicht geschrieben
Doch heute drängt die Zeit

Ich wünschte mir, es gäbe angenehmere
Gründe für meine Korrespondenz
Doch benötige ich in einer Sache
Deine allumfassende Kompetenz

In den angewandten Kindheitswissenschaften
Bist du seit jeher eine Koryphäe
Und sorgst sicherlich dafür, dass ich
Alle Parteien der Angelegenheit verstehe

Sag mir, mein lieber Freund,
Können frühe Wunden irgendwann verheilen
Oder werden sie auf ewig im Herzen
Und auf der Seele weilen

Schlüpfer

Heute ist Montag und ich habe den Spätdienstschlüssel. Das bedeutet, dass ich der Mitarbeiter bin, der die Einrichtung abschließt und am Ende scharfschalten muss.

Es ist mein erster Spätdienst, seit ich in dem Kindergarten arbeite und ich bin sehr aufgeregt.

Hoffentlich denke ich nachher an alles, geht es mir heute zum einhundertsten Male durch den Kopf.

Ich habe von meiner Chefin eine Handreichung bekommen, in der alles aufgezählt ist, was ich vor dem scharfschließen der Einrichtung zu erledigen habe.

Alle Fenster zu, Lichter aus, Terrassentüren schließen, Windeleimer leeren …, wiederhole ich die Liste in meinem Kopf, die ich am Wochenende auswendig gelernt habe. Schließlich möchte ich nicht, dass der Frühdienst am nächsten Morgen einen Anfall bekommt, weil ich ein Fenster offengelassen habe. Auch der liebreizende Geruch eines über Nacht stehengelassenen, ungeleerten Windeleimers würde ich meinen Kolleginnen gern ersparen.

Der Kindergarten hat von 6 Uhr bis 18 Uhr geöffnet und es ist jetzt 17:30 Uhr.

Ich bin mit Ben alleine im Gruppenraum der Krippe und wir liegen auf dem Teppich und schauen an die Decke.

Ben feierte vor einem Monat seinen zweiten Geburtstag (*man erinnere sich an das Fiasko mit den Ballons*) und spricht schon wirklich gut. Er kann vieles benennen und kann Zusammenhänge nicht nur erkennen, sondern kann sie dann auch mit Worten und Gesten reproduzieren. Deshalb ist es mit ihm recht angenehm, da es keine allzu stille Runde ist.

Vor zwanzig Minuten wurde das vorletzte Kind abgeholt und seither spielen wir zu zweit. Erst haben wir mit dem Magic Board gemalt (eine Art Magnettafel, auf der die Kinder mit einem Stift und mit Stempeln zeichnen können). Dann haben wir mit einem Ball Fußball gespielt und nun stehen wir von dem Teppich auf und machen es uns in der Kuschelecke gemütlich, um uns ein paar Bilderbücher anzuschauen.

Ben hat sich für ein Buch entschieden, in dem auf der linken Seite Gegenstände gezeigt werden, die auf der rechten Seite in einem großen Bild untergebracht sind.

Zum Beispiel ist links eine Banane abgebildet und rechts sieht man die Banane in der Hand eines Affen.

»Windel!«, sagt Ben und deutet auf das dazugehörende Bild auf der linken Seite.

Das Blatt ist voller Utensilien, die zum Wickeln benötigt werden. Neben der Windel sieht man dort auch Feuchttücher, Handtücher und eine Creme.

»Stimmt, das ist eine Windel. Siehst du die Windel auch auf dem rechten Bild?«, frage ich Ben.

Er schaut für einen Moment auf die Seite und streckt dann seinen Finger aus, der sich kurz zuvor noch in seiner Nase befunden hatte und tippt auf die Windel, die ein kleines Mädchen trägt.

»Mädchen! Windel!«, sagt Ben und das L am Ende des Wortes klingt, als würde es ihm gleich aus dem Mund fallen.

»Sehr gut! Trägst du auch eine Windel?«, frage ich etwas überspitzt, als hätte ich wirklich keine Ahnung.

Ben lehnt sich zurück und klopft auf seinen Windelpo.

»Ja! Windel!«, sagt Ben und freut sich.

»Stimmt, du trägst auch eine Windel«, sage ich lächelnd.

Ich möchte mich gerade wieder dem Buch widmen, als ich bemerke, dass Ben angestrengt nachdenkend auf meine Hose schaut.

»Was überlegst du, Ben?«, frage ich und folge seinem Blick zu der Jeans.

»Noah, Windel?«, fragt Ben und deutet mit dem Zeigefinger seiner winzigen rechten Hand auf meinen Po.

Ich schmelze.

Als ich mich kurz von dem Zuckerschock erholt habe, den mir diese niedliche Frage eingebracht hat, antworte ich in typischer Pädagogenmanier. Dazu gehören natürlich diverse Begriffe, die man nur in Gesprächen mit Krippenkindern verwendet.

»Nein, ich trage keine Windel mehr. Ich trage einen Schlüpfer«, sage ich und realisiere im nächsten Moment, was ich da gerade von mir gegeben habe.

»Ich meine, ich trage eine Unterhose. Boxershorts heißen die«, versuche ich mich zu retten, doch in Bens Gehirn ist nur noch ein Satz eingebrannt, den er jetzt sehr hochfrequentiert verwendet.

»Noah Schlüpfer! Noah Schlüpfer! Noah Schlüpfer!«, ruft Ben immer wieder.

Ich versuche gerade zu erklären, dass das nicht ganz korrekt ist, als auch schon seine Mama in der Tür steht.

»Hallo, Benny! Mama ist da!«, ruft sie vergnügt und Ben springt von der Kuschelecke auf, läuft auf seine Mutter zu und verkündet dabei weiterhin lautstark: »Noah Schlüpfer! Noah Schlüpfer! Noah Schlüpfer!«

Mein Gesicht läuft knallrot an. Ich spüre, wie mir die Wärme in die Wangen steigt.

»Hallo, Noah!«, sagt seine Mama an mich gewandt.

»Hallo«, bringe ich gequält hervor.

»Noah Schlüpfer!«, ruft Ben seiner Mutter ins Ohr.

Sie schaut mich verwundert an.

»Wir haben uns gerade ein Bilderbuch angeschaut und da war ein Mädchen mit einer Windel abgebildet. Ben hat mich gefragt, ob ich auch eine Windel trage und ich meinte daraufhin, dass ich einen Schlüpfer trage«, versuche ich mich zu erklären, während mein Gesicht mittlerweile zinnoberrot sein muss.

Die Frau zieht eine Augenbraue hoch und sieht mich verwundert an.

»Es ist nicht wirklich ein Schlüpfer ... Es sind eher Boxershorts ...«, stammele ich und schaue beschämt nach unten auf meine Füße.

Wieso zur Hölle erzähle ich ihr das?, frage ich mich in Gedanken und möchte diesem überaus peinlichen Moment einfach nur entkommen.

»Ach so. Er quasselt zurzeit alles nach, was wir sagen. Wir müssen zu Hause auch immer höllisch aufpassen. Gerade beim Autofahren ist das sehr anstrengend«, sagt Bens Mama lächelnd und drückt ihrem Sohn einen Kuss auf die Stirn.

»Blinkarsch! Blinkarsch! Blinkarsch!«, ruft Ben, als hätte er nur auf das Stichwort *Autofahren* gewartet.

Bens Mama sieht mir sichtlich peinlich berührt ins Gesicht und läuft nun selbst puterrot an.

»Ich glaube, ich weiß, was Sie meinen«, erwidere ich und kann mir ein Schmunzeln nicht verkneifen.

Frühe Wunden

Frühe Wunden
Die in der Jugend geschlagen
Können eine große Seele
Noch viele Jahre plagen

Eine Eingewöhnung

Hab ich selber ausprobiert!

Ich helfe in der Krippe aus und darf bei einer Eingewöhnung dabei sein.

Unsere Einrichtung arbeitet nach dem Berliner Eingewöhnungsmodell. Die ersten drei Tage verbringen Mutter (oder Vater) und Kind jeweils eine Stunde in der Gruppe mit ein paar anderen Kindern und der Bezugserzieherin. Das neue Mitglied der Gruppe soll sich so ganz entspannt an die unbekannte Umgebung gewöhnen.

Nach drei Tagen erfolgt die erste Trennung. Mama verabschiedet sich von dem Kind, verlässt für eine halbe Stunde den Raum und kommt dann mit lautem Getöse und Jubelarien wieder zurück und holt das Kind ab. Die Dauer der Trennung steigert sich in den folgenden Tagen, bis das Kind das Mittagessen und später das Frühstück mit der Gruppe einnimmt. Jeder Schritt wird ganz individuell nach dem Tempo des Kindes geplant. Außerdem sagt man nicht ohne Grund, dass man die Eltern auch eingewöhnen muss, denn ihnen fällt das Loslassen oftmals schwerer, als den Kindern.

Als letzter Schritt folgt der Mittagsschlaf. Wenn diese Hürde gemeistert ist, könnte man glauben, die Eingewöhnung sei vorbei. Doch jeder Erzieher würde bei dieser Äußerung nur sagen:

Von wegen.

An diesem Tag darf ich also dabei sein, wenn das neue Kind der Gruppe, ein Mädchen, das gerade seinen ersten Geburtstag gefeiert hat, mit der Eingewöhnung startet. Ich empfinde es in diesem Alter als idealen Zeitpunkt, um das Kind in die Krippe zu bringen.

In der Theorie ist es relativ klar, was passieren wird, doch gibt es immer individuelle Faktoren, die jede Eingewöhnung zu etwas ganz Besonderem und Persönlichem machen.

Im Raum sind nur sieben Kinder, dazu eine Gruppenerzieherin, die Mama, das Mädchen und ich.

Da ich erst seit kurzem in der Einrichtung arbeite, habe ich noch nicht viele Erfahrungen zum Thema Eingewöhnung sammeln können, weshalb ich das Angebot sehr gern angenommen habe, dabei zu sein.

»Guten Morgen, Jana!«, sagt Rowena und begrüßt das neue Kind sowie dessen Mama.

Sie gehen durch die Räumlichkeiten des Flures, schauen sich das Bad, die Küche und den Schlafraum an und kommen wenige Minuten später zurück in den Gruppenraum und die Eingewöhnung beginnt.

»Sie ist ein sehr agiles Mädchen, will immer unterwegs sein, muss immer was machen«, erklärt Janas Mama gerade Rowena. Die ersten Tage sind natürlich auch dafür gedacht, dass sich das Elternteil und die pädagogische Fachkraft kennenlernen können. Bisher ist meine Kollegin allerdings kaum zu Wort gekommen.

Jana selbst hingegen sitzt auf dem Teppich und beobachtet die anderen Kinder.

»Sie muss bestimmt noch ein wenig auftauen«, sagt Rowena, die nun auch mal zu Wort kommt und wirft dem Mädchen einen Seitenblick zu.

»Ja, geil, oder? Sie ist auch sehr robust«, ergänzt die Mama und ihre Augen leuchten dabei.

»Haben Sie denn schon irgendwelche Fragen? Zu unserer Einrichtung, oder zu unserer Arbeit?«, fragt Rowena höflich, während sie Fabian einen Schuh wieder anzieht, welchen er kurz zuvor verloren hat.

»Wann essen die Kinder und wann kann sie hier mitschlafen?«

»Wir essen um acht Uhr Frühstück, um elf gibt es Mittagessen und Vesper um 14:30 Uhr. Allerdings sind das nur die Startzeiten und die Kinder haben dann jeweils ungefähr zwei Stunden Zeit, um essen zu gehen.

Mitschlafen kann sie ungefähr nach vier Wochen, aber wir schauen da ganz individuell von Kind zu Kind. Manche brauchen noch etwas länger, andere fühlen sich schon früher dazu bereit«, antwortet Rowena und putzt Tim dabei die Nase.

»Geil, das freut mich«, sagt die Mama und durchleuchtet weiter mit ihren Augen den Raum.

»Ich wusste gar nicht, dass auch Männer im Kindergarten oder in der Krippe arbeiten, aber ich finde das geil für die Kinder«, trötet die Mama los, als ihr Blick bei mir haften bleibt. Ich schaue mir gerade mit Klaus ein Buch über *Pingu* den Pinguin an und erschrecke kurz, weil ich angesprochen wurde.

»Wir sind nicht viele, aber es gibt uns«, sage ich so reserviert wie möglich.

»Ja, geil, ist ja auch geil für die Kinder!«, sagt die Mama.

Dieses ständige geil *macht mich langsam nervös. Wieso sagt sie das so oft?*, frage ich mich und zeige dabei ein sehr dümmliches Grinsen.

»Ja, wir sind ziemlich froh, dass wir auch einen Mann in der Einrichtung haben. Es ist unfassbar angenehm, dass die Kinder Kontakt zu beiden Geschlechtern haben, während sie von uns betreut werden«, antwortet Rowena, um mich ein wenig aus dem Schussfeld zu nehmen. Dabei wischt sie Tamara den Sabber vom Kinn.

»Geil. Ach, und das Bad, da packt man ja auch so Feuchttücher in ...«, setzt die Mama gerade an und wird mitten im Satz durch das Klingeln des Gruppentelefons unterbrochen.

Ich stehe auf und gehe ran, damit Rowena nicht gestört wird, aber leider verlangt der Anrufer nach ihr und sie verlässt mit dem Telefon in der Hand den Gruppenraum.

»Vielleicht sollten wir lieber rausgehen, das wäre geiler für Jana«, sagt die Mama, als sie sieht, dass ihre Tochter am Fenster hockt und nach draußen schaut.

»Am Anfang ist es immer besser, wenn sich das Kind erstmal an die neue Umgebung, also an den Gruppenraum, gewöhnt. Aber ich habe noch nicht so viele Erfahrungen gesammelt, da ich erst kürzlich hier angefangen habe und wenn Sie möchten, können wir Rowena gleich fragen, sobald sie wieder da ist«, sage ich, um so neutral wie möglich aus der Nummer rauszukommen. Es wirkt, als hätte ich einen einstudierten Text runtergerattert.

»Du kannst mich ruhig duzen«, sagt die Mama daraufhin, ignoriert aber meine restlichen Worte, als hätte sie mir gar nicht zugehört.

»Das ist lieb gemeint, aber wir möchten gern eine gewisse Professionalität und Distanz wahren, deshalb bleiben wir beim Siezen«, versuche ich der Mama zu erklären, doch scheint sie das nicht zu akzeptieren.

»Verstehe ich, aber duzen ist mir lieber«, drängt sie weiter.

Okay, Zeit für den Joker, denke ich.

»Wie gesagt, das ist lieb gemeint. Aber meine Chefin möchte das auch nicht so gern«, versuche ich mich wieder aus der Affäre zu ziehen. Die Vorgesetzte ins Spiel zu bringen ist eigentlich immer ein guter Schachzug, dann geben die Leute auf und die Sache ist erledigt.

Nicht so bei dieser Frau.

»Ja, kein Problem, dann duzen wir uns nur, wenn die Chefin nicht da ist«, zerschmettert sie meinen Einwand und zwinkert mir dabei verschwörerisch zu, als wollten wir gemeinsam die Kronjuwelen der Königin von England rauben.

Ich möchte gerade wieder höflich ablehnen, als Rowena in den Raum zurückkehrt und mich aus meiner misslichen Lage errettet.

»Tut mir leid, aber es war wichtig«, sagt sie, atmet tief aus und setzt sich wieder zu uns.

Ich weiß, dass sie nicht raus möchte, deshalb wiederhole ich die Frage der Mama lieber nicht, denke ich mir und beobachte weiter die Kinder, die friedlich im Raum verteilt spielen.

»Ich glaube, Jana würde es draußen geiler finden und dein Kollege meinte eben auch, dass wir rausgehen könnten«, sagt die Mama plötzlich.

Rowena wirft mir einen schneidenden Blick zu und ich schaue sie hilflos an, sage aber nichts.

Sie wird schon wissen, dass das so nicht stimmt. Außerdem wird sie auch garantiert nicht rausgehen, denke ich mir.

»Na gut, wenn Noah das gesagt hat, dann können wir das natürlich gerne machen«, sagt Rowena, wirft mir wieder einen Blick zu und ich glaube, dieses Mal ein verschwörerisches Zwinkern von meiner Kollegin wahrgenommen zu haben, was sich viel besser anfühlt, als das, von der Mama.

»Geil! Jana, hast du gehört? Wir gehen raus!«, freut sich die Mama.

Das Kind erwidert nichts.

♥

Wenige Minuten später sind wir mit den Kindern und der Eingewöhnungsmama draußen auf dem Außengelände und schauen zu, wie Jana keinen Schritt von Mamas Seite weicht und die ganze Zeit heult.

Rowena und ich stehen ein paar Meter entfernt und beobachten das Schauspiel aus sicherer Entfernung.

»Keine Sorge, ich weiß, dass du ihr nicht gesagt hast, dass wir *ruhig* rausgehen können. Normalerweise hätte ich auch nein gesagt, aber wenn sie es unbedingt wollte, dann sieht sie ja jetzt, wie *geil* es draußen ist«, kichert Rowena neben mir so leise, dass die Mama es nicht hören kann.

»Freut mich, dass du das weißt. Es erleichtert mich auch, dass dir dieser Fimmel mit dem *geil* ebenfalls aufgefallen ist«, sage ich und beobachte, wie die Mama krampfhaft dabei ist, ihre Tochter zum Spielen zu bewegen.

»Manchmal sind Eltern ... sagen wir, *merkwürdig*. Trotzdem müssen wir mit ihnen zusammenarbeiten, schließlich vertrauen sie uns das Wichtigste an, was sie haben«, sagt Rowena, ohne den Blick von ihrem neuen Schützling abzuwenden.

Ich nicke bedächtig und sehe, wie die Mama hilfesuchend in unsere Richtung schaut.

»Ich denke, wir hätten vielleicht doch lieber drinnen bleiben sollen. Da war es für Jana irgendwie doch geiler«, ruft sie und nimmt ihre Tochter auf den Arm.

Rowena geht ihr entgegen und erklärt der Mama, dass die Stunde vorbei ist und sie morgen mit der Eingewöhnung fortfahren würden.

»Für den ersten Tag war es doch schon ganz geil, oder? Wann kann sie dann mitschlafen? In zwei Tagen? Oder erst nächste Woche? Läuft ja immerhin schon ganz gut, oder was meinst du?«, fragt die Mama und hat immer noch gut damit zu tun, Jana zu trösten.

»Für den ersten Tag war es wirklich passabel und ich bin guter Dinge, dass es in den nächsten Tagen noch besser wird, aber wie ich vorhin schon erwähnt habe, wird Jana erst nächsten Monat mitschlafen«, erklärt Rowena ruhig und sachlich und schafft es gleichzeitig, das aufgebrachte Kind auf dem Arm ihrer Mutter mit zwei Grimassen zu beruhigen.

»Ich sag ja, war schon ganz geil«, sagt die Mama und hält ihre Tochter triumphierend in die Höhe, als wäre sie die Trophäe von Wimbledon.

An meiner Hose zuckt es zweimal. Ich drehe mich um und sehe Tom.

»Ich suche einen Bagger!«, sagt er.

»Schön!«, sage ich.

»Hilfst du mir bitte einen zu finden?«, fragt er dann, als er merkt, dass er keine Frage gestellt hat.

»Wer so schön um Hilfe bittet, der bekommt sie auch«, sage ich und gehe mit Tom in Richtung Spielzeugkiste, höre dabei aber weiterhin dem Gespräch zu.

Ich möchte ja was lernen, geht es mir, auf dem Weg zur Kiste, durch den Kopf.

Im nächsten Moment erscheint ein Mann auf dem Außengelände, den ich hier bisher noch nie gesehen habe, doch ist das nicht verwunderlich, da ich auch erst kurze Zeit hier arbeite.

»Ah, guck mal mein Schatz, da vorne kommt der Papa!«, sagt die Mama laut und winkt ihren Mann zu sich.

Rowena stellt sich höflich vor und man sieht ihr an, dass nun langsam der Zeitpunkt gekommen ist, Janas Eingewöhnung für heute zu beenden.

»Haben Sie noch weitere Fragen? Der erste Tag ist ja doch immer sehr aufregend für alle Beteiligten, da kann ich verstehen, wenn Sie erstmal einiges verarbeiten müssen. Sollten Sie noch Fragen haben, die Ihnen jetzt nicht einfallen, können wir auch gern in den nächsten Tagen über alles Weitere reden«, sagt Rowena und denkt, dass nun die Verabschiedung folgt.

»Ja, eine Frage habe ich noch«, sagt die Eingewöhnungsmama.

Damit hat Rowena nicht gerechnet und ich selber auch nicht.

»Im Bad hast du mir ja das Fach gezeigt, in das man so Windeln, Creme und Feuchttücher reinpackt«, beginnt die Frau und ihr Mann verzieht von einer Sekunde auf die andere das Gesicht zu einer Grimasse der absoluten Scham.

Seine Frau bemerkt es und gibt ihm einen lieb gemeinten Wischer über den Hinterkopf.

»Ja, ich weiß, dir ist das peinlich, aber es ist wichtig!«, sagt sie zu ihrem Mann und wird dabei so rot, als würde sie jeden Moment platzen.

»Schatz, ich denke, das musst du wirklich nicht ...«, setzt er an, wird aber durch eine Einhalt gebietende Geste seiner Frau gestoppt.

Sie wendet sich wieder Rowena zu und spricht weiter.

»Also, wegen der Feuchttücher. Ich habe in meinem Rucksack eine Packung normale Feuchttücher und eine Packung Einmalwaschlappen, so Wattepads, die man nass macht, um...«

»Wir kennen hier Einmalwaschlappen, manche von den anderen Kindern bringen sie mit«, unterbricht Rowena die Frau, da ihr dieses Gespräch allmählich zu lange dauert, verliert dabei allerdings nicht das Lächeln und die Freundlichkeit in ihrer Stimme.

»Zumindest habe ich beides dabei und wenn Jana nur eine vollgepullerte Windel hat, dann nimmst du die Feuchttücher und wenn sie gekackt hat, dann nimmst du bitte die Einmalwaschlappen«, beendet die Frau ihren Vortrag.

»Okay, wie Sie möchten«, sagt Rowena knapp.

In solchen Momenten sollte man lieber nicht nach dem Grund fragen. Aber hat sie gerade wirklich kackt *gesagt?*, denke ich, während ich mich über die Spielzeugkiste beuge, um mit Tom einen noch funktionsfähigen Bagger zu finden, den aber trotzdem kein TÜV der Welt durchwinken würde.

»Ja, weil ich habe es nämlich …«, beginnt die Mama wieder und wird abermals von ihrem Mann unterbrochen.

»Schatz, wirklich, das muss doch nicht jeder …«, setzt er an und wird wie zuvor von seiner Frau zum Schweigen gebracht.

»Ja, schon klar, dir ist das peinlich, aber da ist doch nichts dabei!«, sagt sie an Janas Vater gerichtet, gibt Jana einen Kuss und wendet sich wieder Rowena zu.

»Also, wie ich eben schon gesagt habe, wenn sie eine vollgepullerte Windel hat, dann nimmst du die Feuchttücher und wenn sie gekackt hat, dann nimmst du bitte die Einmalwaschlappen. Das ist nämlich besser«, sagt die Mama.

Bevor ich mich eines Besseren besinnen kann, hat die Frage auch schon meinen Mund verlassen und das Wort fliegt wie ein Stein in ein sehr zerbrechliches Glashaus.

»Wieso?«, frage ich.

»Ich habe es an mir selbst ausprobiert und fand die Einmalwaschlappen besser«, sagt die Mama und lächelt Jana an, während Papa ein knallrotes Gesicht bekommt und auch ich mir wünsche, dass ich nie gefragt hätte.

Papas sind entspannter

Ich frage mich wirklich, wie er es mit dieser Frau aushält, denke ich, als Janas Papa den Raum betritt.

Er hat seine Tochter auf dem Arm und setzt sich mit ihr auf den Boden und seine Kleine krabbelt sofort davon und erkundet den Gruppenraum.

Jeder Erzieher und jede Erzieherin hat sich bei einem neuen Elternpaar schon einmal gedacht:

Das ist ein schönes Paar, die passen gut zusammen!

Andererseits kennt auch jeder das Gegenteil und man denkt sich:

Oha, wie konnte das denn passieren?

Das hat zum Glück keine Bedeutung für die pädagogische Arbeit oder das Verhältnis zwischen Eltern und pädagogischen Fachkräften, aber es ist nur natürlich, dass man solche Gedanken hin und wieder hat.

Bei Janas Mama allerdings bewundere ich den Papa einfach nur. Jeder, der es den ganzen Tag aushält, dass alles *geil* ist, hat sich einen Orden verdient. Mindestens das Bundesverdienstkreuz.

Es ist der dritte Tag der Eingewöhnung und man hat in den ersten beiden Tagen schon gemerkt, dass es Mama sehr schwerfällt, ihre Tochter loszulassen. Das ist kaum verwunderlich, denn Jana hat ihr ganzes erstes Lebensjahr jeden Tag mit ihrer Mutter zusammen verbracht.

Jana war in den beiden Tagen sehr anhänglich gewesen und wollte sich kaum von ihrer Mutter lösen, die das Ganze am zweiten Tag schon nicht mehr so *geil* fand.

Heute hat Mama allerdings einen wichtigen Termin und kann bei der Eingewöhnung nicht dabei sein, was ihr nicht gefällt (gar nicht *geil*), aber nicht zu ändern ist. Trotzdem wollte sie die Eingewöhnung heute nicht unterbrechen, sodass sich Papa kurzerhand freigenommen hat, damit Jana und er eine Stunde im Kindergarten sein können.

Papa ist im Vergleich zu Mama wesentlich entspannter und das spiegelt Jana heute auch definitiv wider. Sie bewegt sich deutlich mehr im Freigelände, auf welchem heute die Eingewöhnung stattfindet.

Am ersten Tag war es mit der Mutter eher schlechter gelaufen, als wir alle rausgegangen sind, aber mit Papa sieht das an diesem Tag ganz anders aus.

Er hat sich auf eine Bank gesetzt und beobachtet aus der Ferne, wie seine Tochter den Spielplatz unsicher macht. Er wirkt dabei sehr entspannt, fast sogar desinteressiert. Trotzdem merkt man, dass er sie zu keiner Sekunde aus den Augen lässt und ab und an sieht man ein kaum merkliches Lächeln in seinem Gesicht, wenn seine Kleine etwas Neues entdeckt und es ihm manchmal voller Begeisterung zeigt.

Irgendwie sind die Eltern von Jana der lebende Beweis dafür, dass sich Gegensätze anziehen. Trotzdem wüsste ich gern, wie er es mit ihr aushält, denke ich, während ich von der Schaukel aus beobachte, wie Jana versucht, das kleine Klettergerüst zu erklimmen.

Vor mir in der Krippenschaukel sitzt Luke und freut sich, dass ich ihn hin und her schaukel. Der Junge dreht sich aufwendig zu mir rum und erzählt mir, dass sie zu Hause einen Wachhund haben, der Pinsel heißt.

»Und was macht euer Pinsel?«, frage ich ihn.

»Wenn ein Einbrecher kommt, oder jemand, der bei uns nicht rein darf, dann ärgert Pinsel den und dann geht der wieder weg!«, erklärt mir Luke den Arbeitsalltag seines Hundes.

»Klingt aufregend!«, sage ich und fahre fort.

Die Eingewöhnung von Jana läuft heute wirklich gut. Sie sucht immer wieder Kontakt zu Rowena, was ein wichtiger erster Schritt ist. Das Eingewöhnungsmodell, nach dem wir arbeiten, sieht vor, dass das Kind am Anfang einfach eine schöne Zeit mit seinem Elternteil haben soll, ohne das aktive Eingreifen der Erzieherinnen oder Erzieher. Wenn das neue Mitglied der Gruppe in dieser Zeit schon von alleine Kontakt zu seiner Bezugserzieherin aufnimmt, ist das ein sehr gutes Zeichen.

Die Stunde ist gleich vorbei und es lief wirklich gut, doch genau in dem Moment, in dem Janas Mama am Zaun steht und reinschaut, fällt Jana hin und fängt an zu weinen.

Papa rührt sich nicht vom Fleck und beobachtet erstmal nur, wie seine Tochter weiterhin reagiert. Er hat seine Frau in seinem Rücken noch nicht bemerkt.

Mama schaut über den Zaun und ist völlig aufgelöst.

»Wieso weint sie?«, ruft sie über den Zaun.

Papa wirft einen Blick über seine Schulter.

»Sie hat dich gesehen, da kann man verstehen, dass sie anfängt zu heulen«, sagt er trocken und wendet sich wieder seiner Tochter zu, die sich schon beruhigt hat.

Ich kratze mich am Bart und muss mir mit all meiner Körperbeherrschung ein Lachen verkneifen.

Jetzt weiß ich, wie er es mit ihr aushält, denke ich und schaukele Luke weiter an.

Mutter

Liebe auf den ersten Blick
Auch mal auf dem Boden liegen
Du bist und bleibst das größte Glück
Wir können über Wolken fliegen

Ich halte dich im Arm
Auch wenn du nach mir schlägst
Weil ich es so liebe
Wenn du dich bewegst

Diese Liebe endet nie
Und ich schenke dir immer mehr
Möchte dir noch so oft sagen
Ich liebe dich so sehr

Aufregung

Es ist Freitag und die Kinder schlafen friedlich im Schlafraum.

Nach einer langen und anstrengenden Woche merkt man gerade den jüngsten Kindern an, dass sie kurz vor dem Wochenende nochmal die Tanks und Batterien aufladen, bevor sie Samstag und Sonntag, zumindest wenn man den Erzählungen der Eltern glauben darf, völlig durchdrehen.

Ich bin in der Krippe eingeteilt und schon den ganzen Tag ein wenig nervös, da ich am Nachmittag noch verabredet bin.

Wir sind wieder nur zu zweit, da heute nicht so viele Kinder da sind und dementsprechend einige Kolleginnen Urlaub bekommen haben oder in anderen Gruppen eingesetzt sind.

Meine Kollegin hat Pizza für uns bestellt. In einem lokalen, großen Restaurant sind zurzeit Asia-Wochen und es gibt eine Pizza in dem Angebot, die belegt ist mit Rinderhack, roten Zwiebeln und Bacon. Sie trieft vor Barbecue-Soße.

Ein Traum!, habe ich gedacht, als ich die Pizza sah.

»Ich habe immer noch keine Ahnung, was genau deine Pizza mit Asien zu tun hat«, sagt Rowena kauend.

»Um ehrlich zu sein kann ich es dir auch nicht sagen, aber sie schmeckt vorzüglich«, antworte ich und wische mir mit dem Handrücken Soße aus dem Bart.

»Wie wäre es mit einer Serviette?«, fragt sie grinsend und fummelt eine ihrer Papierservietten aus dem Stapel vor sich und hält sie mir entgegen.

»Nein, danke. Ich bin Profi und nutze meinen Handrücken«, sage ich und fummele ein Stück Bacon von der Pizza und lasse es in meinen Mund wandern.

Normalerweise essen wir nicht im Schlafraum der Kinder, haben uns heute aber für eine Ausnahme entschieden, da wir gern zu zweit mittagessen wollten und nicht in Etappen in der Küche oder im Pausenraum.

Die Kinder sind von der Woche völlig erschöpft und scheinen sich durch unsere Mahlzeit nicht gestört zu fühlen. Sie schnarchen und sabbern friedlich vor sich hin.

Sie können wirklich niedlich sein, wenn sie schlafen, denke ich und nehme noch einen Bissen von meiner Pizza.

»Schicke neue Hausschuhe. Wollte ich dir schon den ganzen Tag sagen«, sagt Rowena kurz darauf.

Ich sehe mit vollem Mund und wieder Soße im Bart unter den Tisch und erblicke dort meine neuen Hausschuhe. Es sind Gummischuhe, eher Latschen, mit bunten Motiven einer Comicserie darauf.

»Schön, dass sie dir auffallen. Ich hatte schon die Befürchtung, dass sie zu bunt sind und deshalb von niemandem bemerkt werden«, sage ich, nachdem ich aufgekaut habe.

»*Star Wars* war ausverkauft?«, fragt sie grinsend.

»Gab es leider nicht, sonst wäre das definitiv meine erste Wahl gewesen«, antworte ich und widme mich wieder meiner Mahlzeit.

»Bist du eigentlich schon aufgeregt wegen deines ... «, beginnt sie erneut zu sprechen, wird aber unterbrochen.

»Meine Herren, hier riecht es aber nach Zwiebeln!«, hören wir plötzlich eine Stimme von der Tür aus.

Birgit, eine unserer Servicekräfte, steht in der Tür und hält sich demonstrativ die Nase zu. Mit der anderen Hand hält sie einen Mopp fest, da sie gerade den Flur gewischt hat.

»Das ist Noahs Pizza. Er hat da ordentlich Zwiebeln drauf. Von Knoblauch konnte ich ihn immerhin noch abhalten, sonst wäre ich neben den Kindern umgekippt«, erklärt meine Kollegin.

»Ist dann wohl heute nichts mehr mit knutschen, oder?«, fragt Birgit lachend und zwinkert mir dabei verschwörerisch zu.

»Ja, mein Freund wird heute Abend seine Freude an mir haben!«, antwortet Rowena an meiner Stelle, da sie den Blick von Birgit nicht wahrgenommen hat.

»Ich meinte eigentlich Noah«, kichert Birgit daraufhin.

»Ach so. Stimmt, du hast ja heute dein Date. Ich wollte dich eben schon fragen, ob du aufgeregt bist«, fragt Rowena und beißt ein großes Stück von ihrer Pizza ab.

»Scheinbar nicht, sonst würde er sich keine Zwiebelpizza reinhauen«, lacht Birgit.

»Du hast recht, Biggi, allzu große Chancen auf einen Gute-Nacht-Kuss scheint er sich nicht zu machen«, prustet Rowena los.

Mir fällt das Gesicht herunter und ich blicke mit zusammengepressten Lippen auf meine Pizza.

»Was hast du denn? Hast du auf etwas Hartes gebissen?«, fragt Birgit.

»Ich glaube eher, dass du ihm gerade die Augen geöffnet hast«, lacht Rowena jetzt lauter.

Ich wische mir, wie nach jedem vorherigen Bissen, Soße vom Bart und schaue mich panisch um.

»Was mach ich denn jetzt?«, frage ich verzweifelt.

»Was sollst du schon unternehmen? Du isst auf, würde ich sagen«, sagt Birgit und lächelt mich an, als hätte sie gerade den lustigsten Witz der Welt erzählt.

Rowena unterstützt diese These mit einem lauten Auflachen.

»Man, ich meine, was mache ich denn jetzt wegen des Zwiebelgeruchs?«, frage ich panisch.

»Du solltest dich lieber fragen, wieso du eine Stinkepizza de luxe mit extra Zwiebeln bestellst, wenn du am Nachmittag noch ein Date hast«, stellt Rowena die wichtigste Frage des Tages gespielt vorwurfsvoll.

»Ich habe nicht daran gedacht«, sage ich etwas zerknirscht.

»Oder du hast nicht an einen Gute-Nacht-Kuss geglaubt«, sagt Birgit immer noch kichernd.

»Sicherlich nicht, sonst hätte er sich immerhin mal rasiert«, springt Rowena ihr bei.

»Vielleicht ist sie ja ein Fan von Rübezahl?«

»Oder von Rumpelstilzchen.«

Bevor sich die beiden noch weiter in dieses Gespräch hineinsteigern können, fasse ich mir ein Herz und fahre dazwischen.

»Kommen wir kurz zurück zu meiner eigentlichen Frage«, sage ich etwas gereizt.

»Was sollst du schon machen? Du gehst hin und hoffst, dass sie keine Nase hat. Außerdem sollte sie der Geruch nicht stören, denn deine Frisur scheint sie ja auch zu mögen und die ist ja wohl schlimmer«, plappert Birgit und muss sich beim Lachen an ihrem Mopp festhalten.

»Ich habe eine Idee«, sagt Rowena schmunzelnd, steht von ihrem Stuhl auf und geht aus dem Schlafraum.

Birgit und ich schauen ihr hinterher. Wir hören etwas im Bad rascheln und sehen im nächsten Moment, wie meine Kollegin in den Raum zurückkehrt. In den Händen hält sie eine pinkfarbene Kinderzahnbürste und eine Tube Zahnpasta.

»Hier, das sollte helfen«, sagt sie triumphierend und streckt mir die Gegenstände über den Tisch entgegen.

Birgit und ich schauen irritiert auf die Bürste und die Tube.

»Äh, danke«, stammele ich verwirrt.

»Zähneputzen soll bei Zwiebelgeruch helfen. *Schrubb dir die Kauleisten*, wie Klaus immer sagt, bevor du gehst. Dann wird es schon klappen. Du musst sie ja nicht anhauchen und wenn ihr euch küssen solltet, dann lass den Mund zu und die Zunge drin«, sagt meine Kollegin, fängt an zu lachen und Birgit stimmt mit ein.

Kurz bevor ich Feierabend habe, setze ich Rowenas Plan in die Tat um.

Ich gehe in das Bad der Gruppe und hocke mich vor den Spiegel. Ich drücke etwas Zahnpasta auf die Bürste und beginne damit, mir die Zähne zu putzen. Die Zahnputzuhr, die direkt über dem Waschbecken hängt, drehe ich natürlich um. Ordnung muss schließlich sein.

Hoffen wir mal, dass es wirklich hilft, denke ich und blicke zu der kleinen Sanduhr, die normalerweise von den Kindern genutzt wird, damit sie sehen können, wie lange sie noch putzen müssen.

»Na, bereitest du dich intensiv auf dein Date vor?«, fragt Rowena von der Tür aus.

Das letzte Kind wurde soeben abgeholt und wir würden die Kita gleich schließen.

Ich drehe mich, immer noch in der Hocke, umständlich zu ihr herum und nicke, während mir eine pinkfarbene Zahnbürste, auf der eine Fee aufgedruckt ist, aus dem Mundwinkel hängt.

»Dann wünsche ich dir gutes Gelingen und bin gespannt, was du am Montag zu berichten hast«, sagt meine Kollegin und verabschiedet sich von mir.

Ich putze mir weiter die Zähne und spüle aus, als die Sanduhr abgelaufen ist.

Anschließend gehe ich in die Garderobe und wechsle meine Kleidung. Ich schlüpfe in meinen Pullover, ziehe meine Jacke an und setze meine Mütze auf.

Heiliger Strohsack, bin ich jetzt aufgeregt, denke ich, als ich meinen Rucksack nehme und begebe mich in Richtung Ausgang.

Was mache ich, wenn sie mich doof findet?, ist eine von sehr vielen Fragen, die mir schon den ganzen Tag durch den Kopf gehen.

»Hast du alles, Noah? Ich schalte das Gebäude jetzt scharf und dann kannst du erst Montag wieder rein«, ruft mir Sabine zu. Sie ist die stellvertretende Leiterin der Einrichtung und diese Woche die Kollegin, die den Spätdienstschlüssel hat, um die Kita abzuschließen.

Ich mache einen kurzen Taschencheck, ob ich auch alles bei mir habe.

Handy, Brieftasche, Hausschlüssel, Autoschlüssel sind vorhanden und der Rucksack sitzt sicher auf dem Rücken.

»Ja, ich habe alles. Schönes Wochenende!«, rufe ich ihr zu und winke dabei.

Die Kollegin erwidert den Gruß und geht zu dem nördlichen Eisentor, um es abzuschließen, während ich in die andere Richtung gehe.

Ich verlasse das Gelände und schließe das Tor hinter mir.

Ich kann einfach nicht fassen, dass ich es vergessen habe, als ich die Pizza bestellt habe. Ich mache mir den ganzen Tag wegen des Dates Gedanken. Aber ausgerechnet beim Essen bestellen denke ich nicht daran, dass Zwiebeln nicht unbedingt passend sind, wenn ich heute noch eine Verabredung habe, verfluche ich mich, während ich die Straße entlang zu meinem Auto gehe.

Ich merke Schritt für Schritt, dass mein Gefühl in Bezug auf das Treffen besser wird. Mein Gang fühlt sich locker und geschmeidig an und ich schöpfe neuen Mut.

Ich schaffe das. Ich hau sie um, also menschlich, nicht physisch und es wird alles gut gehen. Ich bin ein Champion, ich kann sie alle haben. Na gut, nicht alle, aber wer will das schon?, denke ich und mir fällt ein, dass man sich einfach selbst gut zureden und sich selbst sagen muss, dass alles gut wird. Dann wird es das meistens auch.

Habe ich gehört.

Ich packe das, ich bin gut vorbereitet, hab Zähne geputzt, war beim Friseur, neue Jacke und meine Schuhe sitzen einwandfrei. Ich habe einen sehr geschmeidigen Schritt drauf. Meine Schuhe sind …, versuche ich mich selbst zu pushen und bleibe wie vom Blitz getroffen stehen.

Meine Schuhe …, denke ich wieder.

Ich schaue an mir herunter und sehe an meinen Füßen die neuen Gummihausschuhe mit Comicfiguren darauf.

Oh nein, das kann jetzt nicht wahr sein!, denke ich und möchte auf der Stelle im Boden versinken.

Du + ich

Wir rennen Hand in Hand
Und brechen aus den Bahnen
Fahren gegen jede Wand
Mit wehenden Fahnen

Springer

Wenn man als neuer Kollege in einer Einrichtung anfängt, ist man zumeist in der Anfangszeit als *Springer* eingeteilt. Das bedeutet, dass man zwischen den Gruppen hin und her springt, in denen jemand gebraucht wird. Ich hatte in den ersten Wochen das Glück, dass ich hauptsächlich in der Krippengruppe von Rowena eingeteilt war. So hatte ich jeden Tag einen festen Anker, an dem ich mich festhalten konnte. Allerdings ist das eher ein Glücksfall, da es in unserem Beruf natürlich häufig zu krankheitsbedingten Personalausfällen kommt. Mit den Jahren baut sich der Körper einen eigenen Schutzwall gegen die unzähligen Keime, denen man in einer Kindertagesstätte beinahe komplett schutzlos ausgeliefert ist.

Es ist gerade am Anfang ein Vorteil, wenn man zunächst zwischen den Gruppen hin und her springt, da man so die Möglichkeit bekommt, alle Gruppen, Kinder und Kollegen kennenzulernen. Man sieht, wie die anderen pädagogischen Fachkräfte arbeiten und kann diverse Ansätze für seinen eigenen Stil adaptieren. Durch die Gespräche mit den Mitarbeiterinnen und Mitarbeitern bekommt man ein gutes Gesamtbild über die Einrichtung.

Die Kinder in den jeweiligen Gruppen sind genauso individuell, wie die dazugehörigen Erzieherinnen. Man lernt in dieser Zeit knapp alle 100 Kinder der Einrichtung kennen, was von Vorteil ist, wenn man dann im Freigelände für alle verantwortlich ist.

Es hilft auch ungemein, um herauszufinden, ob man sich selbst eher im Bereich Krippe, oder im Kindergarten sieht. Vielleicht hat man gar keine Vorliebe und einem liegt die Arbeit mit den Kindern allgemein.

Anstrengend ist am Springersein nur das namensgebende *Springen* selbst. Je nach Kinder- und Erzieheranzahl springt man in den Gruppen hin und her.

Nachfolgend ein kleines Beispiel.

7.20 Uhr

Ich komme zehn Minuten vor Dienstbeginn in der Kita an und betrete zunächst den Pausenraum, in dem sich der Dienstplan befindet.

Ich hänge meine Jacke an den Haken an der Wand, verstaue meinen Rucksack in meinem verschließbaren Fach im Schrank und wechsle meine Schuhe.

Anschließend schaue ich mir den Dienstplan an und stelle dabei fest, dass ich zunächst in der Krippengruppe von Rowena eingeteilt bin. Nur für eine halbe Stunde, danach kommt Doris und ich werde, laut Personalschlüssel (in der Krippe ist das eine pädagogische Fachkraft für sechs Kinder), nicht mehr benötigt. Nach Plan bin ich anschließend *wo gebraucht* eingeteilt. Das bedeutet, dass ich durch die Einrichtung gehe und in den Gruppen nachfrage, ob sie mich brauchen. Wohin ich gehe, wenn ich nirgendwo gebraucht werde? Sehr witzig. Jeder, der in diesem Berufsfeld tätig ist, weiß, dass das niemals passieren wird.

7.30 Uhr

Ich betrete die Krippe und begrüße Rowena, die seit 7 Uhr in der Gruppe ist und bereits acht Kinder zu betreuen hat.

Es ist die Hölle los. Vier Kinder schreien, zwei sind voll und ein weiteres blutet aus der Nase. Die meisten Mitglieder der Gruppe bekommen gerade Zähne und die Windeln explodieren mit präziser Genauigkeit.

Oha. Dann mal Guten Morgen und einen entspannten Arbeitstag!, denke ich und mache mich sofort ans Werk.

Ich gehe mit den beiden vollgekoteten Kindern in das Badezimmer und beginne damit, ihnen die Windeln zu wechseln. Kaum habe ich die erste Windel entfernt, steht ein weiteres Kind in der Tür und ich höre Rowena aus dem Gruppenraum rufen: »Ben ist auch voll!«

Nachdem ich mich um die drei Kinder gekümmert habe, begebe ich mich mit ihnen zusammen zurück in den Gruppenraum. Dort angekommen beginne ich unverzüglich damit, das Obst und Gemüse für das Frühstück zu schneiden.

Kurz vor 8 Uhr kommt Doris in den Raum und begrüßt uns.

»Guten Morgen! Na, alles in Ordnung?«, fragt sie gut gelaunt, sieht aber an Rowenas Blick, dass der Tag eher zu der Kategorie *Bitte, geh schnell vorbei* zählt.

»Es geht. Wird bestimmt noch besser«, antworte ich mutig.

»Bleibst du bei uns oder musst du springen?«, fragt Doris an mich gewandt und erinnert mich damit daran, dass ich jetzt in den anderen Gruppen nachfragen muss, ob sie meine Hilfe benötigen.

»Gut, dass du es sagst. Ich verlasse euch dann jetzt und wünsche euch viel Spaß. Vielleicht sehen wir uns nachher nochmal«, sage ich, stehe auf und begebe mich in Richtung Kindergarten.

8.00 Uhr

In der ersten Kindergartengruppe war gleich *Not am Mann*.

»Ulrike hat heute Morgen angerufen und sich krankgemeldet, es wäre mir also ganz lieb, wenn du hierbleibst. Zumindest bis Fabienne nachher kommt«, sagt Sabine und ich frühstücke zusammen mit den Kindergartenkindern ihrer Gruppe.

Die Umstellung zwischen Krippe und Kindergarten ist schon enorm. Während man den Kindern im Bereich 0 bis 3 sehr vieles abnimmt und unterstützt, so versucht man, bei den älteren Kindern maximal Hilfestellungen zu geben. Man animiert die *Großen* dazu, sich selbst zu helfen und wenn es mal gar nicht klappt, dann ist man zur Stelle.

Kurz vor neun Uhr erscheint Fabienne und ich werde nicht mehr benötigt. Die Stunde im Kindergarten war etwas ruhiger und entspannter, allerdings auf eine andere Art anspruchsvoll. Nun ist der Schlüssel erfüllt und ich schaue mich in der restlichen Kita um, ob ich gebraucht werde.

9.00 Uhr

Die zweite Krippengruppe braucht mich. Sie haben ein Kind zur Eingewöhnung da und die Bezugserzieherin würde gern mit der Mama und dem neuen Mitglied ihrer Gruppe in die Küche gehen, um das Erstgespräch zu führen.

Ich begebe mich in den Gruppenraum, in dem sich fünf Minuten später eines der Kinder übergibt und sein komplettes Frühstück über sich selbst, den Spielteppich und die Schuhe seiner Erzieherin verteilt.

Meine Kollegin steht auf, nimmt das Kind und die Abholkarte mit und begibt sich in das Bad der Gruppe, um alles zu säubern.

Den Teppich rolle ich zusammen und lege ihn, mit einem großen *Achtung Erbrochenes!* – Schild versehen, vor die Tür, da ich nun die einzige pädagogische Fachkraft im Raum bin und ihn gerade nicht wegbringen kann.

Meine Kollegin, die mit dem Kind ins Bad gegangen ist, hat das Kind und sich selbst in den nächsten 20 Minuten gesäubert, dessen Eltern informiert und den Teppich zur Reinigung zu unseren Servicekräften gebracht.

Die Kinder sind heute besonders unruhig und ich merke, dass mir der Wechsel von Kindergarten- zu Krippenalter schwerfällt. In meinem Kopf muss ich mich neu sortieren und gleichzeitig auch bedenken, dass ich in einer *anderen* Gruppe bin, als heute Morgen und hier wieder abweichende Abläufe und Regeln gelten, als in der Krippengruppe von Rowena und Doris. Jeder Bereich hat seine Eigenheiten und die pädagogischen Fachkräfte haben bestimmte Regeln in ihren Gruppen und die unterscheiden sich voneinander, selbst dann, wenn es der gleiche Altersbereich ist.

Die Kollegin kommt mit der Eingewöhnungsmama und ihrem Kind in den Raum und die erste Stunde in dem neuen Lebensumfeld beginnt.

Solange die Mama und das neue Kind der Gruppe da sind, bleibe ich noch in dem Raum. Um 10 Uhr darf ich mir dann wieder eine neue, aufregende Aufgabe im Haus suchen.

10.00 Uhr

Ich finde in der Kindergartengruppe von Magdalena Zuflucht und kann hier mit den Kindern mittagessen. Wir gehen nach draußen und verbringen den Rest des Vormittags auf dem Außengelände. Habe ich heute schon was getrunken? Wo ist meine Flasche überhaupt? In der ersten oder in der zweiten Krippengruppe? Oder doch im Kindergarten? Liegt sie noch im Rucksack im Schrank? Vielleicht habe ich heute auch gar keine mitgenommen.

Ich freue mich auf das Mittagessen. Langsam bekomme ich Hunger und ich kann es kaum erwarten, für einige Minuten zu sitzen.

13.00 Uhr

Ich bin zur Pausenablösung in einer anderen Kindergartengruppe. Ich bin im Raum der Kinder, die in der Mittagszeit manchmal schlafen, wenn sie denn möchten, heute allerdings scheint keines der Gruppenmitglieder großes Interesse daran zu haben, ein wenig zu ruhen.

Als Kind wusste ich den Mittagsschlaf auch nie zu schätzen und heute würde ich vieles dafür geben, jetzt mal kurz die Augen zu schließen und eine Runde zu schlummern, denke ich und merke, wie mir tatsächlich die Lider schwer werden und mein Kinn langsam auf meine Brust sinkt.

15.30 Uhr

Feierabend!

Ich schleppe mich zu meinem Auto, lasse mich in den Fahrersitz fallen und atme tief ein und genüsslich lange wieder aus. Danach schalte ich mein Radio ein und höre während der gesamten Fahrt nach Hause *Rammstein*, um einigermaßen ruhig in meiner Wohnung anzukommen. Dort erwartet mich mein Hund, mit dem ich jetzt, um den Kopf freizubekommen, eine große Runde spazieren gehe.

Ein weiterer anstrengender Tag ist geschafft.

Morgen geht es weiter.

Tochter

Leg deinen Kopf auf meine Brust
Augen fest verschlossen
Ruh dich kurz aus
Alle Tränen sind geflossen

Es war nicht immer leicht
Und ja, es bleibt auch schwer
Doch weiß ich ganz genau
Ich gebe dich nie mehr her

Liebe dich vom ersten Tag
Noch über den letzten hinaus
Denn du bist für immer
Meine kleine Maus

Gehst du gleich wieder zur Arbeit?

»Nun gut, Kinder, wie ihr wisst, geht Luke heute das erste Mal in den Kindergarten. Er beginnt mit der Eingewöhnung, weil er bald fest in die Gruppe mit den größeren Kindern wechseln wird. Ihr erinnert euch bestimmt nicht mehr an die Zeit, als ihr eure Eingewöhnung hier bei mir hattet, aber ihr könnt mir glauben, dass jede einzelne sehr aufregend war«, erklärt Rowena gerade den Krippenkindern ihrer Gruppe und begleitet jeden Satz mit ausgefallener Mimik und pompöser Gestik.

So muss es im antiken Theater gewesen sein, denke ich so vor mich hin, als ich in die großen Augen und offenen Münder blickte. *Jetzt warte ich noch auf halbnackte Gladiatoren und den Gott aus der Maschine.*

»Das ist natürlich ein ganz aufregender Tag und weil Luke die Kinder, pädagogischen Fachkräfte und Räumlichkeiten dort noch nicht so gut kennt, darf er sich jemanden aussuchen, der am ersten Tag, und falls nötig auch noch in den nächsten Tagen, mitkommen soll«, erläutert sie weiter und blickt dann Luke direkt an. »Also, mein Lieber, wen möchtest du mitnehmen? Eines der Kinder? Oder einen der Erzieher oder Erzieherinnen?«

Ich schaue zu Luke, der etwas schüchtern aufsteht und sich umblickt. Seine Augen ziehen Kreise und begutachten jeden potenziellen Kandidaten und jede mögliche Kandidatin.

Wie aufregend, denke ich und spüre, dass selbst ich nervös bin. *Ich finde es unglaublich spannend, wenn Kinder so wichtige Entscheidungen treffen können.*

Luke schaut sich weiter um, ehe sein Blick schließlich auf mir ruht.

»Noah soll mitkommen«, sagt er schüchtern und zeigt mit seinem kleinen Zeigefinger, der vor nicht allzu langer Zeit garantiert noch in seiner Nase steckte, auf mich.

Ich bin überrascht und gerührt. Luke und ich kennen uns noch gar nicht so lange und ich hätte niemals damit gerechnet, dass er mich an diesem besonderen Tag auswählen würde. In der Regel, so hatte Rowena es mir vorher erzählt, entscheiden sich die Kinder entweder für die pädagogische Fachkraft, die sie am längsten kennen, oder für einen besonders engen Freund oder Freundin.

Ich hocke mit den Kindern im Morgenkreis und merke, dass ich, obwohl ich auf Knien bin, vor Stolz plötzlich um einige Zentimeter wachse. Ich denke, das, was ich in diesem Moment fühle, ist ungefähr mit dem Gefühl vergleichbar, was man spürt, wenn man sich bei Freunden befindet, vielleicht auf einer Party oder nur zum Abhängen und der Hund des Wohnungsbesitzers setzt sich ausgerechnet neben mich und möchte von mir gestreichelt werden. Emil, mein sechsjähriger Border Collie ist da ein extremes Beispiel, weil er von Person zu Person hetzt, damit auch jeder mal in den Genuss kommen darf, um ihn kräftig zu kraulen. Harvey, ein Golden Retriever und der Hund meines besten Freundes, setzt sich allerdings ausschließlich neben mich, wenn dort Gäste zu Besuch sind. Das ist immer ein unglaublich tolles Gefühl.

Ich bin der Auserwählte, geht es mir kurz durch den Kopf.

Ich schaue zu viel *Star Wars*.

»Und, Noah? Gehst du heute mit Luke an seinem ersten Tag der Eingewöhnung in den Kindergarten?«, fragt mich Rowena, über das gesamte Gesicht grinsend.

»Ja, sehr gern sogar«, sage ich wahrheitsgemäß und lächle Luke an.

Ich möchte nicht in den Kindergarten. Ich möchte bei dir und Rowena bleiben«, flüstert Luke, als wir vor der Glastür stehen, die uns in den Bereich des Kindergartens führt.

»Oh, wieso das denn?«, frage ich ihn leise, nachdem ich mich zu ihm heruntergebeugt habe.

»Ich kenne da keinen«, sagt er und schaut mich mit großen, braunen Augen an.

»Das ist doch umso schöner. Dann sind dort ganz viele Kinder und auch neue Pädagogen, die du kennenlernen kannst. Ich kann mir vorstellen, dass du dort so einige neue Freunde finden wirst, mit denen du genauso schön spielen kannst, wie in der Gruppe von Rowena«, sage ich lächelnd und versuche so, ihm Mut zu geben. Ich weiß selbst, wie schwierig es ist, wenn man sich neuen Menschen, Situationen und Orten stellen muss. Übergänge sind in jedem Alter schwer, doch gerade im Kleinkindalter sind sie nicht zu unterschätzen und immer ernst zu nehmen. Selbst dann, wenn es nur um den Wechsel der Räumlichkeiten geht, aber hier geht es um den Wechsel von einer Gruppe, in eine andere. Die vertrauten Kinder und pädagogischen Fachkräfte sind nicht mehr jeden Tag zum Greifen nah und neue Bindungen müssen aufgebaut werden.

Das braucht Zeit und Empathie.

»Meinst du wirklich?«, fragt er und ich sehe, wie sich ein paar Tränen in seinen Augen sammeln.

Kurz zweifle ich, ob ich tatsächlich die richtige Person für diesen wichtigen ersten Tag bin, doch schenkt mir der Gedanke, dass mich Luke von allen Leuten aus dem Raum ausgesucht hatte, neue Kraft. Ich möchte das Vertrauen, das er mir entgegengebracht hat, nicht durch meine eigenen Ängste und Zweifel, egalisieren.

»Ja, ich bin ganz sicher. Lass es uns probieren und wenn du merkst, dass du doch zurück möchtest, dann gehen wir sofort wieder. Manchmal muss man sich neuen Erfahrungen stellen, auch denen, vor denen man Angst hat, aber am Ende können sie die schönsten von allen werden«, versuche ich erneut, ihn zum Hineingehen zu ermutigen.

Ich freue mich, dass Rowena mir die Eingewöhnung vorher genau erklärt hat. Sollte es währenddessen passieren, dass das Kind wieder zurück in die bisherige Gruppe möchte, ist das kein Problem. Die Eingewöhnung verläuft in dem Tempo, das das Kind benötigt und wenn es am ersten Tag nur ein paar Minuten zum Reinschnuppern in der neuen Gruppe bleiben möchte, dann ist das so. Am Folgetag gibt es dann den nächsten Anlauf. Step by step gehen wir vorwärts und keiner wird zurückgelassen.

Für so ziemlich alle Schritte im Leben eines Kindes gilt der Leitspruch: Entwicklung ist ein Marathon und kein Sprint.

»Okay«, sagt er, wischt sich den Schnodder mit seinem Ärmel vom Gesicht und ballt die Hände entschlossen zu Fäusten.

Dann geht er einen Schritt vorwärts und öffnet die große Tür.

♥

Ich sitze auf einem Drehhocker in der Ecke des Raumes und schaue Luke dabei zu, wie er mit einem der älteren Kinder spielt.

»Na, lief doch ganz gut für den ersten Tag, oder?«, fragt mich Magdalena und nimmt einen großen Schluck aus ihrer Tasse. Man würde glauben, dass sie das Klischee der Kaffee trinkenden und Kekse essenden Erzieherin bedient, allerdings befand sich nur Cola in der Tasse. Pseudokaffee, wie wir manchmal scherzen.

»Ja, ich glaube, er hätte gar nicht bemerkt, wenn ich nach fünf Minuten gegangen wäre«, sage ich und grinse vor mich hin.

»Das wäre unfair.«

»Was meinst du?«, frage ich Magdalena, die mittlerweile ihre Tasse weggestellt hat und einem Mädchen die Haare zu Zöpfen flechtet.

»Einfach weggehen. Ich weiß, manche Eltern machen das. Sie sehen, dass ihr Kind schön spielt und wissen, wenn sie ihrem Sohn oder ihrer Tochter jetzt sagen, dass sie gehen, fangen diese an zu weinen. Um das zu umgehen, verdrücken sich viele Elternteile einfach klammheimlich, aber das ist unfair. Stell dir vor, das Kind erinnert sich dann wieder an Mama. Es wäre traurig, allein gelassen und würde seine Mutter suchen, statt zu spielen. Deshalb ist es wichtig, respektvoll und wertschätzend, dass man sich von den Kindern verabschiedet, wenn man geht«, erklärt sie und ist mit dem letzten Wort fertig. Sie hat dem Mädchen einen perfekten Elsa-Zopf geflochten.

»Verstehe. Wie lange bin ich schon hier?«, frage ich und suche die Wand nach einer Uhr ab.

»Fünfzehn Minuten«, antwortet Magdalena und repariert einen Lastenkran, der leider aus Plastik besteht, aber verdammt cool aussieht.

»Soll ich wieder zurückgehen?«, frage ich und schaue, was Luke so treibt.

Er spielt immer noch mit dem älteren Kind und hat sich in den letzten Minuten kein einziges Mal zu mir herumgedreht.

»Klar, wenn du möchtest, dann verabschiede dich von ihm und sag ihm, dass ich ihn nachher wieder zu dir und Rowena bringe. Sobald er mir sagt, dass er zurück möchte, würden wir uns gemeinsam auf den Weg zu euch begeben«, sagt sie und reicht dem Jungen den Kran, der sich freudestrahlend damit auf den Weg zu seinen Freunden begibt.

»In Ordnung«, sage ich, möchte mich erheben, als plötzlich ein Junge vor mir steht. »Oh, hallo!«

»Gehst du jetzt wieder arbeiten?«, fragt er mich und blickt mich an, als würde er nicht verstehen, was ich hier treibe.

Ich sehe mich fragend zu Magdalena um, die meinen Blick richtig deuten kann.

»Das ist Conrad. Er ist erst seit zwei Wochen bei uns und kam nicht aus unserer Krippe, sondern von außerhalb. Sein Papa war ein paar Tage bei uns und saß, wie du heute, mit in der Eingewöhnung«, sagt sie lächelnd.

Der Junge hält mich also für Lukes Papa. Irgendwie niedlich, denke ich und muss kichern. Luke, *ich bin dein Vater.*

»Wusstest du eigentlich, dass Darth Vader nie sagt: Luke, ich bin dein Vater?«, frage ich Magdalena, völlig in meinen eigenen Gedanken gefangen und spreche weiter, ohne ihre Antwort abzuwarten. »Eigentlich sagt er: *Nein*, ich bin dein Vater.«

Sie schaut mich nur stirnrunzelnd an und lässt ihren Blick zu Conrad wandern. Sie deutet mehrfach auf ihn und möchte mir damit wohl sagen, dass ich lieber auf seine Frage antworten sollte, anstatt über *Star Wars* zu reden.

Ich rede aber gern darüber, denke ich schmollend, setze dann mein freundlichstes Lächeln auf und sehe wieder zu Conrad.

»Ja«, sage ich. »Ich gehe jetzt wieder arbeiten. Aber ich habe schon die ganze Zeit gearbeitet. Ich bin nämlich

Erzieher, so, wie Magdalena. Ich habe Luke heute bei seinem ersten Tag begleitet«, erläutere ich, aber ich glaube, Conrad lässt diese Erklärung nicht gelten.

»Also musst du jetzt wieder zur Arbeit?«, fragt er erneut, doch bevor ich antworten kann, ist er auch schon zu den anderen Kindern verschwunden, um mit ihnen weiterzuspielen.

Ich stehe kurz etwas verdutzt da, dann gehe ich zu Luke, verabschiede mich von ihm und bin gerührt, als er mich zum Abschied drückt.

»Bis später. Und du brauchst nicht traurig sein. Ich komme nachher wieder zu euch«, sagt er und widmet sich erneut dem Spiel.

Ich bin ergriffen von seinen Worten, die sich so erwachsen anfühlen. Ich schniefe, drehe mich um und da steht Magdalena schon mit einem Taschentuch in der Hand, das sie mir freundlicherweise reicht.

Ich nehme es an, schnäuze kräftig hinein und strecke es ihr wieder entgegen.

Sie zieht eine Augenbraue hoch und verzieht ihren Mund zu einer angewiderten Fratze.

Ich bin immer noch gerührt, kichere aber trotzdem kurz und verstaue das Taschentuch in meiner Hosentasche.

»Süß«, sagt sie. »Sie werden schnell groß. Gewöhn dich dran.«

»Aber so schnell?«, sage ich und wische mir nun meinerseits mit dem Ärmel den schon wieder nachproduzierten Schnodder vom Gesicht.

»Ihr habt das beide für den ersten Tag ganz toll gemacht. Jetzt geh zurück zu Rowena. Die braucht bestimmt deine

Hilfe und sie brennt garantiert darauf, zu erfahren, wie es gelaufen ist. Luke und sie hatten eine ganz besonders innige Bindung«, sagt sie und verschwindet kurz darauf im wilden Treiben, das durch den Raum fegt.

Dann mal wieder zurück zu den Kleinen. Es gibt schließlich viel zu erzählen, denke ich, verlasse den Flur und freue mich darauf, später zu erfahren, wie Luke seinen ersten Tag in der großen Gruppe fand.

Schwellen

Im Leben schreiten wir
Über so manche Schwelle
Laufen vorwärts und zurück
Treten manchmal auf der Stelle

Doch bedenke man
Jemand sollte dabei sein
Zusammen geht das besser
Als allein

Weich und hart

Ich darf, wie in letzter Zeit häufiger, in der Kindergartengruppe von Magdalena aushelfen. Wenn ich es richtig verstanden habe, soll das in nächster Zeit auch so bleiben, da ihre bisherige Gruppenkollegin die Einrichtung wegen eines Umzuges wechseln möchte. Oder für längere Zeit krankgeschrieben ist. Oder sie in Rente geht? Verdammt, ich kann mir sowas immer so schwer merken und gerade dann, wenn die Quelle der einrichtungsinterne Buschfunk ist, dem man nicht immer glauben sollte. Zumindest sollte man diese Informationen mit Vorsicht genießen.

Für mich persönlich ist das eigentlich ganz gut, da ich nun in den Genuss komme, weniger zwischen den einzelnen Gruppen hin und her zu springen. Es ist schon ein angenehmes Gefühl, wenn man weiß, dass man den kommenden Tag, oder vielleicht sogar die ganze Woche, mit denselben Kindern und Kolleginnen verbringt.

Ich sitze also im Gruppenraum von Magdalena und ihren Kindern am Schreibtisch, vervollständige die

Anwesenheitsliste und kaue dabei auf einem äußerst zähen Gummibärchen herum, als das Telefon klingelt.

Ich gehe ran, rattere den üblichen Spruch herunter, in welcher Kita ich arbeite und wie ich heiße, vergesse dabei wie immer, die Person am anderen Ende der Leitung zu grüßen. Ich muss einen Tonfall an den Tag gelegt haben, der den Anrufer so einschüchtert, dass zunächst keine Antwort kommt.

Stille.

»Hallo?«, frage ich daraufhin und höre mich wieder so normal an, wie sonst auch.

»Hallo, mein Kind kommt heute nicht, weil es verschmutzt ist«, stottert die Frau am anderen Ende der Leitung und während in meinen Gedanken das Bild eines in ein Schlammloch gefallenen Kindes Gestalt annimmt, korrigiert sie sich hastig. »Ich meine, weil es verschnupft ist.«

Ich muss mir unter gewaltigem Kraftaufwand ein Lachen verkneifen, während ich die Anruferin frage, wie ihr Kind denn heiße und ob sie mir sagen kann, in welche Gruppe es geht.

Nachdem ich die Informationen bekommen und dem verschmutzten Kind eine schnelle Badewanne, ich meine natürlich, gute Besserung gewünscht habe (was sowohl Mama als auch mich zum Lachen bringt), lege ich auf, grinse vor mich hin, wähle die interne Nummer der Kindergartengruppe, in dem das Kind von uns betreut wird und gebe die Krankmeldung durch.

Als das erledigt ist, beobachte ich gerade zwei der Jungs, die sich gemeinsam an den Tisch setzen, um eine Rampe für den nagelneuen Monstertruck der Gruppe zu bauen. Währenddessen greife ich gedankenverloren in die vor mir auf dem Tisch liegende Packung Gummibärchen, stecke mir eines der Bärchen in den Mund, beiße zu und vernehme ein lautes Knacken. Dann spüre ich, dass ein Stück meines Zahnes auf meiner Zunge landet.

»Aua«, sage ich, spucke ihn in meine Handfläche und bin von der Größe überwältigt.

Ist mir das gerade wirklich passiert? Ich beiße auf ein Gummibärchen und mir bricht der Zahn ab? Und wieso schmerzt es so gut wie gar nicht?, denke ich und wickle das Stück in ein Taschentuch.

»Scheiße«, murmle ich leise, allerdings laut genug, dass Theo das Wort auffängt und es umgehend wiederholt.

»Was ist denn scheiße, Noah?«, fragt er mich.

»Vergiss das Wort lieber schnell wieder«, sage ich gedankenverloren. »Mir ist gerade ein Stück Zahn abgebrochen. Ich glaube, ich sollte zum Zahnarzt gehen.«

Magdalena betritt den Raum, ich erläutere ihr meine Situation, melde mich bei der Chefin ab und mache mich auf den Weg zum Zahnarzt.

Ich habe gewaltige Angst.

♥

Ich sitze in der Zahnarztpraxis auf dem Behandlungsstuhl und lasse mir von meiner Zahnärztin mit den Händen im Mund herumfuhrwerken.

»Ach ja, ich erinnere mich. Die Weisheitszähne wollten wir ja sowieso schon mal entfernen. Dann machen wir das mal. Nicht heute, keine Sorge, aber vorher kann ich den Zahn, der abgebrochen ist, leider nicht wieder aufbauen. Ich schaue da mal kurz rein, denn es wundert mich ja doch, dass Sie keine Schmerzen spüren«, sagt sie und nimmt beide Hände aus meinem Mund.

»Bitte mit Betäubung!«, bringe ich gerade noch hervor, als sie schon wieder mit dem Werkzeug in meinem Mundraum steckt.

»Das geht leider nicht, ich muss ja erst mal schauen, wie tief der Schaden ist«, sagt sie kichernd und stochert in dem Zahn herum.

Zu meiner Überraschung und Erleichterung spüre ich nichts.

»Merkwürdig«, sagt sie, entfernt sich ein Stück und ruft ein Röntgenbild meines Kiefers auf ihrem Monitor auf. »Ach so! Der wurde ja schon wurzelbehandelt!«

»Stimmt, hatte ich ganz vergessen«, antworte ich und reibe meinen schmerzenden Unterkiefer.

»Das erklärt einiges. Nun gut, kümmern wir uns um die Weisheitszähne«, sagt sie und tastet in meinem Mund alle Exemplare dieser Gattung ab.

Sie verweilt verdächtig lange oben rechts, tastet, sucht, ehe ich mit ihrer Hand im Mund nuschle: »Därischschoweck.«

»Ach ja, den hatten wir vor zwei Jahren entfernt. Nun gut, dann machen wir einen Termin für die anderen drei und danach kümmern wir uns um den anderen Zahn«, sagt sie, versorgt den abgebrochenen Zahn provisorisch und verabschiedet mich dann.

Als ich gerade die Praxis verlasse, eilt mir eine der Schwestern hinterher.

»Halt! Hier, bitteschön!«, sagt sie lächelnd und drückt mir eine kleine, gelbe Plakette in die Hand. »Weil Sie heute so tapfer waren.«

Ich betrachte die winzige Medaille und sehe einen Zahn mit Gesicht, der eine Maske und einen Umhang trägt.

»Vielen Dank!«, sage ich und merke, wie ich rot werde. »Das kann ich gleich meinen Kindern zeigen.«

Ich verabschiede mich und begebe mich auf den Weg zum Kindergarten zurück.

♥

Kurz vor dem Mittagessen bin ich wieder in der Einrichtung und habe gerade die aufregende Erzählung von meinem Zahnarztbesuch beendet. Voller Stolz präsentiere ich die Medaille und alle Kinder möchten sie kurz in die Hand nehmen und anschauen. Ich habe viele lobende Worte zugesprochen bekommen und Conrad hat sogar von seinem letzten Besuch beim Zahnarzt erzählt.

»Kinder, wollen wir Mittagessen? Es wäre alles bereit, wenn ihr möchtet«, ruft Magdalena in den Gruppenraum und scheinbar schieben heute alle Kinder gewaltigen Kohldampf, denn jedes einzelne stürmt los.

»Was gibt es denn?«, frage ich hoffnungsvoll und halte mir dabei die lädierte Wange, in der das Zahnfleisch nach der Behandlung nun doch etwas gereizt ist.

»Du hast Glück, es gibt Nudelsuppe«, sagt Magdalena kichernd. »Also etwas weiches, was du mit uns zusammen essen kannst.«

»Super!«, sage ich und folge ihr in die Küche, wo die Kinder schon eifrig dabei sind, die Tische zu decken und sich das Essen aufzutun.

Während wir alle essen, beobachte ich Helga, die mit einer Gabel immer wieder durch ihre Suppe fährt.

»Möchtest du es vielleicht mit einem Löffel versuchen?«, frage ich sie, als ich meine Portion aufgegessen habe.

»Nein«, sagt sie. »Ich mag die Brühe nicht. Ich möchte nur die Nudeln essen.«

Ich bin kurz sprachlos und dann fasziniert davon, wie clever sie ihr Problem gelöst hat.

Menschen sagen oft, dass das Leben und das Schöne darin eine Suppe sind und sie selbst nur eine Gabel haben. Ich dachte immer, dass der Spruch negativ sei, aber wenn ich Helga betrachte, dann denke ich, dass es wohl eher bedeutet, das was stört, zu umgehen und nur das Gute herauszufischen. Es gibt für alles eine passende Lösung. Der Gedanke gefällt mir.

»Ach so. Dann lass dir deine Nudeln schmecken«, antworte ich lächelnd und freue mich, dass ich schon wieder etwas von meinen Kindern gelernt habe.

Göffel

Wenn das Leben eine Suppe ist
Und du sie mit der Gabel isst
Nimm dir alles, was dir taugt
Dann bist du nicht so ausgelaugt

Nur die Brühe soll es nicht sein
Deshalb tauchst du die Gabel ein
Fischst dir die Nudeln heraus
Das ist dir ein wahrer Schmaus

Auf den Gedanken muss man kommen
Sie hat sich für Suppe eine Gabel genommen
Mancher würde sagen, das ist nicht schlau
Doch was sie will, weiß sie genau

Deine Tage sind gezählt!

Die Chefin möchte nachher um 13:30 Uhr mit dir sprechen«, informiert mich Magdalena mit der Förmlichkeit, als würde sie mir Datum und Uhrzeit meiner Hinrichtung auf dem elektrischen Stuhl mitteilen.

Ich habe in den letzten Wochen viel in der Kindergartengruppe von Magdalena gearbeitet, da die bisherige Kollegin von Magda, Sieglinde, das Berufsfeld gewechselt hat. Mittlerweile bin ich mir sicher, dass das der Grund ist, weshalb ich hier so häufig eingesetzt wurde. Der Buschfunk hatte sozusagen alle anderen Möglichkeiten genannt und wenn man davon ausging, dass es immer etwas anderes ist, als das, was er verkündet, dann ist er ja doch irgendwie verlässlich, oder?

Die Arbeit im Kindergarten gefällt mir sehr gut. Gerade mit den Jungs verbindet mich der Drang zu toben, Dinge zu konstruieren und manchmal einfach Blödsinn zu treiben. Natürlich immer im Rahmen des Erlaubten.

Na gut, sagen wir *meistens.*

Die Mädels der Gruppen stellen mir unheimlich viele Fragen und man möchte meinen, dass sich die Mehrzahl um typische Mädchenthemen drehen, doch weit gefehlt. Allerdings versage ich immer noch regelmäßig, wenn sie mich darum bitten, einen Zopf zu flechten.

Der Tag war, wie die vorherigen Wochen, sehr angenehm. Die Angebote mit den Kindern bereiten mir viel Freude, zumal die meisten ziemlich gut ankommen und in der Reflexion zeigen, dass die Lernziele in den meisten Fällen erreicht werden. Magdalena hat mir allerdings schnell die Illusion genommen, dass man mit jedem Angebot Ziele erreichen *muss*, was ja in der Ausbildung noch anders war.

Die Information, dass ich später zur Leitung ins Büro muss, lässt mir einen kalten Schauer über den Rücken laufen und mein Magen fühlt sich an wie ein Eisklotz. Ich fange an zu schwitzen und kriege für einige Sekunden keine Luft. Ich habe eigentlich bisher ein sehr offenes und wertschätzendes Verhältnis zu meiner Vorgesetzten, allerdings weiß man nie, was kommen könnte. Aber ich glaube einfach nicht, dass ich mich so sehr getäuscht habe.

Oder?

»Die Chefin will mit mir sprechen? Weißt du, was sie möchte?«, frage ich kurzatmig.

»Nicht genau, aber mach dich nicht verrückt. Das klingt nur im ersten Moment aufregend. Wie lange arbeitest du hier? Morgen nicht mehr mitgerechnet«, antwortet sie und ich denke, dass ich den kurzen Anflug eines Lächelns auf ihrem Gesicht sehe, doch sicher bin ich nicht.

Meine Mimik fällt in sich zusammen und Magdalena kichert.

»Ich bin erst seit drei Monaten hier und noch in der Probezeit. Hat sie irgendwas darüber gesagt, dass sie mit meiner Arbeit nicht zufrieden ist?«, frage ich mit brüchiger Stimme.

»Oh, stimmt. Es wird nicht jeder übernommen, da sollte man sich schon manchmal in Acht nehmen. Man hört ja heutzutage immer wieder, wie schnell es gehen kann, dass man sich eine neue Arbeitsstelle suchen muss«, sagt Magda, ohne mich anzusehen.

Mein Herz bleibt stehen und mir wird kurz schwarz vor Augen.

»Aber ... ich ... meinst du, dass ... also ...«, würge ich alle Worte hoch, die scheinbar vom Vortag übriggeblieben sind.

»Glaubst du denn, dass sie dich nach der Probezeit nicht übernehmen?«, fragt Magda und runzelt dabei übertrieben die Stirn.

»Keine Ahnung, bisher dachte ich eigentlich, dass alle mit mir zufrieden sind. Wobei ...«, sage ich und im nächsten Moment schießen vor meinem geistigen Auge alle Fettnäpfchen vorbei, in die ich in den letzten Monaten getreten bin. Es ist wie in einem Film.

In einem verdammt *langen* Film.

»Oh, wenn du dir da selbst nicht so sicher bist, dann hoffe ich natürlich nur das Beste für dich«, sagt Magdalena und wendet ihr Gesicht wieder von mir ab.

Es ist 13:28 Uhr und ich stehe vor dem Büro meiner Chefin Frau Bernstein.

Die letzten Stunden hatte ich gearbeitet, wie ein Roboter. Ich verrichtete meine Tätigkeiten sehr genau, aber absolut emotionslos. In meinem Kopf spulten sich alle möglichen Szenarien ab.

Was konnte mich erwarten? Würde mir die Chefin sagen, dass ich nach der Probezeit nicht übernommen werde? Habe ich gegen eine Regel verstoßen, ohne es zu bemerken?

Ich hatte wenig positive Gedanken in dieser kurzen Anzahl an Stunden, die sich in dieser Stresssituation für mich wie eine Ewigkeit anfühlten.

Magdalena unternahm in der Zeit nur sehr zaghafte Versuche, mich wieder zu beruhigen und manchmal kam es mir vor, als würde sie sich über mich lustig machen. Das fand ich unfair, war aber zu sehr in meinen Gedanken gefangen, als dass ich ihr das gesagt hätte. Bisher hatte ich immer gern mit ihr zusammengearbeitet und wir verstanden uns wirklich gut. Das wollte ich durch meine, vielleicht und hoffentlich unbegründeten Ängste, nicht einfach so aufs Spiel setzen.

Ich wische die Gedanken beiseite und schaue auf meine Armbanduhr. Es ist punktgenau halb.

Mir rutscht das Herz in die Hose und ich bekomme die zwölfte Panikattacke in den letzten drei Stunden. Nach einigen tiefen Atemzügen hebe ich meine Hand und klopfe drei Mal fest an die Tür.

»Ja, bitte, herein!«, höre ich die Stimme meiner Chefin aus dem Inneren des Büros.

Ich öffne die Tür und trete ein.

»Äh, hallo, ich bin es. Noah«, sage ich, als wüsste sie nicht, wer vor ihr steht. Ich stammele mit brüchiger Stimme und betrete das Büro der Kitaleitung. »Magdalena meinte, ich sollte um 13:30 Uhr zu Ihnen kommen.«

»Ah, Noah, sehr schön. Ja, das ist richtig. Ich möchte gern über eine wichtige Angelegenheit mit dir sprechen«, sagt sie lächelnd und bedeutet mir mit einer Geste, Platz zu nehmen.

Ich ziehe den Stuhl zurück, der ihrem Schreibtisch gegenübersteht, und setze mich schwer plumpsend darauf.

»Ist alles in Ordnung bei dir? Du siehst so blass aus«, fragt Frau Bernstein besorgt.

»Mir geht es soweit ganz gut. Bin nur etwas aufgeregt«, antworte ich, nachdem ich wieder tief durchgeatmet habe.

»Weshalb denn? Bedrückt dich etwas?«, fragt sie und wie bei Magdalena habe ich das Gefühl, dass ihr kurz ein Lächeln über das Gesicht huscht.

»Ich habe mir viele Gedanken darüber gemacht, weshalb Sie mit mir sprechen wollen. Ob ich vielleicht unwissend einen Fehler begangen habe, oder ob ...«, bringe ich, immer noch sehr aufgeregt, hervor.

»...ob du nach der Probezeit nicht übernommen wirst?«, beendet sie meine Frage und schaut mich traurig an.

Ich nicke und bekomme kein Wort heraus.

»Nun, Noah, ich muss dir sagen, dass dies tatsächlich der Grund für unser Gespräch ist«, sagt Frau Bernstein und ihr Gesicht scheint versteinert zu sein.

Mein Gesichtsausdruck mäandert zwischen allen ihm verfügbaren Formen.

Na toll. Meine erste Stelle und ich schaffe es nicht mal über die Probezeit hinaus! So viele Jahre umsonst. Das Schulgeld, das ich in den letzten Jahren gezahlt habe. Na gut, weniger ich selbst, viel mehr meine Eltern. Oh Gott! Was werden die denn sagen? Arbeitslos. Morgen sitze ich beim Arbeitsamt und bettele um jeden noch so kleinen Job. Ich muss doch meine Miete bezahlen und für den Hund Futter kaufen! Meine Eltern werden unglaublich enttäuscht sein!, schießen mir sofort tausende Gedanken durch den Kopf.

»Ich möchte dir nämlich sagen, dass deine Tage gezählt sind«, sagt meine (Noch-) Chefin und ich habe kurz das Gefühl, jeden Moment in Ohnmacht zu fallen.

Was habe ich falsch gemacht? Vielleicht liegt es mir nur nicht, im Kindergarten zu arbeiten. Ich sollte es irgendwo anders probieren. Oder was ganz anderes. In einer Bücherei. Die Polizei sucht doch auch immer!, jagen die Gedanken erneut durch meinen Kopf.

»Deine Tage als Springer in unserer Einrichtung sind gezählt. Ich würde mich freuen, wenn du die Kindergartengruppe von Magdalena mit ihr zusammen leiten würdest. Nach Sieglindes Weggang brauchen wir dort dringend einen neuen Stammerzieher und Magdalena war in den letzten Wochen sehr zufrieden mit dir. Auch von den anderen Kolleginnen habe ich bisher durchweg positives Feedback über deine Arbeit und deinen Umgang mit den Kindern bekommen.

Mit anderen Worten, ich bin sehr froh, dass du in unserer Einrichtung bist, und würde mich freuen, wenn das so bleibt. Natürlich über die Probezeit hinaus«, beendet meine Chefin ihren Vortrag.

Mir fällt das Gesicht herunter und ich bekomme kein Wort heraus.

»Noah? Bist du noch bei mir? Du siehst so abwesend aus«, fragt Frau Bernstein lächelnd, nachdem ich einige Sekunden so ausgesehen haben muss, als wäre mein Betriebssystem abgestürzt.

»Ja, ähm, ja, ich bin noch da«, stammle ich und muss das soeben Gehörte erst mal verdauen.

»Was sagst du dazu? Kannst du dir das vorstellen?«, fragt sie und lächelt immer breiter.

»Ja, ich meine *Ja*, natürlich. Sehr gern sogar!«, sage ich deutlich, als ich endlich meine Stimme wiederfinde und Herr meiner Sinne bin.

Ich träume. Das muss einfach ein Traum sein!, denke ich und spüre, wie ein breites Grinsen auf mein Gesicht wandert.

»*Das* ist die Reaktion, die ich erwartet habe!«, sagt Frau Bernstein freudig.

»Ich hatte mir schon ausgemalt, dass ich morgen früh beim Arbeitsamt sitze!«, sage ich völlig euphorisiert, weil ich es immer noch nicht fassen kann.

Gruppenerzieher. Meine eigene *Gruppe betreuen und nicht mehr hin und her springen! Noch mehr Verantwortung übernehmen und gemeinsam mit einer Kollegin etwas aufbauen, mit den Kindern an Projekten arbeiten!*

»Tut mir leid, dass ich dich so lange auf die Folter gespannt habe. Das war die Idee von Magdalena. Sie meinte, sie möchte dich gern ein kleines bisschen ärgern und da konnte ich nicht widerstehen«, kichert Frau Bernstein.

»Wie gemein! Ich hatte sie extra gefragt, ob sie eine Ahnung hat, was Sie mit mir besprechen wollen könnten!«, rufe ich empört aus, bin ihr aber nicht wirklich böse und bekomme das Dauergrinsen gar nicht aus meinem Gesicht gewischt und merke, dass mir langsam die Wangenmuskulatur schmerzt. Die Freude über die tolle Nachricht überwiegt gerade alles.

»Du hast ja jetzt genügend Zeit, um sie auch ein wenig zu ärgern«, sagt meine Chefin augenzwinkernd.

»Ich habe auch schon eine Idee. Ich werde …«, beginne ich, werde aber sogleich von ihr unterbrochen.

»Stopp! Das möchte ich lieber nicht wissen«, unterbricht sie mich.

Ich erhebe mich und Frau Bernstein steht ebenfalls auf. Sie reicht mir die Hand und ich schüttle sie umständlich, als wäre es das erste Mal in meinem Leben. Dabei trage ich immer noch ein breites Grinsen zur Schau und bin einfach glücklich.

♥

Wenige Minuten später betrete ich wieder den Gruppenraum und werde lautstark empfangen.

Magdalena steht mit den Kindern mitten im Raum und in dem Moment, in dem ich durch die Tür hereinkomme, jubeln alle, werfen Luftballons, Luftschlangen und Konfetti durch den Raum und rufen: »Herzlich willkommen!«

Ich bin kurz sprachlos und überwältigt, lächle dann aber wieder und merke, dass mir doch tatsächlich das eine oder andere Tränchen, das ich nicht mehr halten kann, über das Gesicht läuft.

»Schön, dass du jetzt ein Teil unserer Gruppe bist!«, ruft Magdalena und umarmt mich kurz, aber fest.

»Ich freue mich auch sehr«, sage ich und wische mir die Tränen weg.

»Wie findest du es, dass deine Tage jetzt gezählt sind?«, fragt sie lachend.

»Das war also auch deine Idee? Ich habe mir beinahe in die Hosen gemacht, als ich vor dem Büro stand!«, sage ich mit gespielter Empörung.

»So war der Plan!«, erwidert meine Kollegin triumphierend.

»Meine Rache wird grausam sein!«, kündige ich an.

»Ich mache mir gleich vor Angst in die Hosen. Nun genieß aber erstmal deinen letzten Tag als Springer. Morgen früh bist du fester Gruppenerzieher und dann geht das Erzieherleben erst richtig los! Portfolios! Elterngespräche!«, ruft mich meine Gruppenkollegin zur Ordnung.

Ich träume schon wieder vor mich hin und von der Ansage meiner Kollegin bleibt nur ein Wort in meinem Kopf hängen.

Gruppenerzieher.

Endlich habe ich meine eigene Gruppe und bin *angekommen.*

Kind

Hose voll und Nase läuft
Sand im Schuh und Knie tut weh
Minütlich Neues zu entdecken
Wenn ich mit dir spazieren geh

Du machst den Alltag so schön
Langeweile kennen wir nicht
Und wenn es regnet
Rennen wir zum Licht

Ich habe Rücken!

Ich bin mit Magdalena und den Kindern während des Freispiels in unserem Gruppenraum. Es ist ein aufgeregtes, buntes Treiben und man spürt die Freude, die den Raum durchflutet.

»Magda, spielst du mit mir Pferdchen? Du bist das Pferd und ich die Reiterin!«, fragt Helga meine Kollegin und demonstriert in bester Dressurreitermanier die Reitbewegungen. Dazu lässt sie von ihrer Zunge erzeugte schnalzende Geräusche hören, die das Klappern der Hufe imitieren sollen.

»Das geht leider nicht, ich habe Rücken«, antwortet Magdalena schweratmend und verzieht das Gesicht zu einer schmerzverzerrten Grimasse.

Helga zieht die Augenbrauen skeptisch zusammen, stemmt die Hände in die Hüften, presst die Lippen aufeinander und mustert ihre Erzieherin mit einem durchdringenden Blick.

»Ich habe auch einen Rücken«, sagt das kleine Mädchen und schaut meine Kollegin herausfordernd an.

»Das sagt man so, wenn einem der Rücken sehr doll weh tut«, versucht Magda Helga halbherzig zu erklären, wieso es ihr heute nicht möglich ist, als Pferd zu fungieren.

»Dann musst du zum Arzt gehen! Der kann dir helfen! Der sagt bestimmt, dass du viel Fernsehen gucken und Süßigkeiten essen sollst!«, ruft Helga und verschwindet hastig in der Ecke mit dem Spielzeug.

»Was sie da gesagt hat, klingt eigentlich total verlockend. Mir tut so der Rücken weh!«, sagt Magdalena zum wiederholten Male.

»Vielleicht solltest du dich mal kurz hinlegen. Dann kannst du dich mal strecken oder deinen Rücken ausknacken, um die Blockaden loszuwerden«, schlage ich vor.

»Ich krieche den ganzen Tag auf dem Boden rum, aber mich komplett langlegen möchte ich nur sehr ungern. Es wird zwar schon gründlich geputzt, von unseren Servicekräften, ich glaube allerdings, dass der Teppich seit Jahren nicht gereinigt wurde. *Gefühlt* zumindest«, antwortet meine Kollegin und verzieht dabei angewidert das Gesicht.

»Hast du es schon mal mit Yoga versucht?«, frage ich leicht amüsiert.

»Nein, aber das könnte eine gute Idee sein«, antwortet sie und bringt sich in Position.

Theo kommt derweil auf mich zu gerannt und hält einen Schaumstofffußball in der Hand.

»Noah! Wollen wir Fußball spielen? Ich habe gestern mit Papa im Garten gespielt!«, fragt mich der Junge und hält den Ball triumphierend in die Höhe.

»Hier im Gruppenraum nicht, aber draußen können wir gern eine Runde kicken!«, antworte ich und spüre schon das Kribbeln in den Füßen.

»Gestern, als ich mit Papa im Garten war, habe ich richtig gut gespielt!«, reißt mich Theo aus meinen sehnsüchtigen Gedanken.

»Echt? Hast du viele Tore geschossen?«, frage ich ehrlich interessiert.

»Nein, aber ich habe Papa getunnelt! Dann hat er auf dem Rasen gelegen und fast geweint«, antwortet der Junge und kichert dabei.

Uuuh, von einem Vierjährigen getunnelt werden, ist hart!, denke ich und bemitleide seinen Vater sehr.

»Was hat dein Papa dann gemacht?«, frage ich, während ich das Stöhnen meiner Kollegin von der anderen Seite des Raumes vernehme.

»Er hat mir ins Gesicht geschossen, aber er hat ganz oft gesagt, dass es ohne Absicht war und dass das ja mal aus Versehen passieren kann«, sagt Theo und seine Stimme klingt etwas zweifelnd, umso mehr er von dem Spiel mit seinem Papa berichtet.

Ich kichere in mich hinein, während sich der Junge wieder auf den Weg in die Bauecke begibt, wo er sich zu Daniel setzt.

Helga ist derweil mit dem Arztkoffer aus der Spielzeugecke zurückgekehrt und kniet vor meiner Kollegin.

»Mach mal *aaaaaah*«, sagt Helga gerade zu Magdalena, die wie ein Hund auf allen vieren steht und den Rücken durchstreckt.

»Ich versuche mich hier gerade an Yoga, da kannst du mir keinen Stock in den Rachen schieben«, antwortet sie und ihre Stimme klingt sehr gepresst.

»Anstrengend?«, frage ich belustigt.

»Du hast ja keine Ahnung«, jammert meine Kollegin weiter und lässt sich nach hinten auf den Boden plumpsen.

»Jetzt kannst du aber *aaaaah* machen!«, fordert sie das Mädchen erneut auf und die Patientin tut, wie ihr geheißen.

»Helga, du solltest dich mal um den Rücken von Magdalena kümmern. Sie hat ja schließlich dort Schmerzen und nicht im Hals«, versuche ich in bester *Aber-Sie-sind-der-Boss*-Manier behilflich zu sein. Ich verstehe mich in diesem Spiel eher als Assistenzarzt, drittes Semester vielleicht.

»Okay, dann leg dich jetzt auf den Bauch«, sagt Helga mit Bestimmtheit.

»Ich möchte mich aber nicht auf den Boden legen. Zumindest nicht auf den Teppich«, antwortet meine Kollegin etwas gnaddelig und man bekommt sofort das Gefühl, dass Kind und pädagogische Fachkraft ihre Rollen getauscht haben.

»Aber sonst kann ich dir nicht helfen!«, insistiert die Oberärztin.

»Ich hab Rücken!«, jammert Magda weiter und zieht eine Schippe.

»So wird das nichts. Dann setz dich gerade hin und ich schaue mir mal deinen Rücken an!«, sagt Helga und fängt an, den Rücken meiner Kollegin abzutasten.

»Während ihr beiden beschäftigt seid, würde ich mit ein paar Kindern rausgehen und das wundervolle Wetter genießen. Theo hat mich eben schon gefragt, ob wir draußen Fußball spielen können«, sage ich, nehme mir die Kinder mit, die raus möchten und begebe mich mit diesen in die Garderobe.

♥

Kurz vor dem Mittagessen bin ich wieder im Gruppenraum.

»1-2-3, die Spielzeit ist vorbei. Wir räumen jetzt das Spielzeug weg, ein jedes kommt an seinen Fleck! 1-2-3, die Spielzeit ist vorbei«, höre ich meine Kollegin singen und betrete mit den Kindern, die sich draußen ordentlich ausgetobt haben, den Gruppenraum.

»Los, wir helfen schnell beim Aufräumen, umso eher können wir dann zum Mittagessen!«, animiere ich sie und sofort packen alle mit an.

Mein Blick huscht zur Kuschelecke, in der Helga lang ausgestreckt liegt und sich entspannt.

Magdalena fällt es im selben Moment auf. Uns ist immer wichtig, dass alle Kinder mit aufräumen und deshalb ermuntert meine Kollegin Helga nun dazu, mitzuhelfen.

»Ich kann nicht«, sagt das Mädchen mit gespielt schmerzverzerrter Stimme.

»Wieso das denn?«, fragt Magda und man merkt, dass sie leicht gereizt wirkt.

»Ich kann nicht mit aufräumen«, wiederholt Helga, dreht sich um und kuschelt sich noch weiter in die Kissen und Decken ein.

»Fräulein, jetzt ist es aber genug! Alle helfen beim Aufräumen, also auch du. Räum bitte deinen Arztkoffer weg, damit hast du immerhin gespielt!«, sagt meine Kollegin mit scharfer Stimme.

»Ich kann nicht mit aufräumen, ich habe Rücken!«, sagt Helga theatralisch und entspannt weiter in der Kuschelecke.

Ich kann mir ein kurzes Kichern nicht verkneifen und blicke zu Magdalena, die mit zusammengepressten Lippen vor dem Haufen aus Decken und Kissen steht.

»Tja, werte Kollegin, da fällt dir nichts zu ein, oder?«, frage ich lachend und helfe den anderen Kindern weiter beim Aufräumen.

Gedicht zum Welttoilettentag

Beim Trocken-werden
Helfen Zeit und Geduld
Wenn es doch mal nicht klappt
Ist nie der Igel schuld

Feuchttücher, Windel, Creme
Sind gut für den Windelpo
Und bald sitzt er stolz
Alleine auf dem Klo

Wenn Igel auf die Toilette müssen
Dann sagen sie Bescheid
Und wenn es auch nicht immer klappt
Bekommen sie noch Zeit

Ich gehe auf die Toilette, denn
Igel brauchen keinen Topf
Die Ausscheidungsautonomie
Beginnt im Kopf

Waldausflug

Spargel stechen

Ich bin mit Magdalena und unseren Kindern zusammen in der Kreuzhorst, einem kleinen Waldstück im Nachbarort, auf einem Waldausflug unterwegs. Es ist Ende Oktober und während meine Kollegin noch wild gestikulierend meine Idee, einen Ausflug zur Waldprojektwoche zu unternehmen, verflucht, sind die Kinder unserer Gruppe aufgeregt und blicken hoffnungsvoll in Richtung Wald. Wer konnte schon ahnen, welchen aufregenden Tieren wir heute begegnen würden? Den einen oder anderen Vogel haben wir auf dem Weg zur Haltestelle in der Nähe der Kita erspäht und benennen können, da wir uns in den letzten Tagen einige Bücher mit Vogelbildern und Beschreibungen angeschaut hatten.

Nach einer zehnminütigen Busfahrt stehen wir nun am Rande des Waldes. Zwei Erwachsene in Mütze und Schal, 18 Kinder in Matschhose, dicker Jacke und Warnweste, ebenfalls ausgerüstet mit Kopfbedeckungen und hoffentlich zwei Paar Socken an den in festes Schuhwerk eingepackten Füßen.

Fast alle Kinder nehmen an dem Ausflug teil. Das eine oder andere Kind ist etwas verschnupft, aber die frische Luft wird uns sicher allen gut tun.

Wir haben die Kinder direkt an der Bushaltestelle in Zweierreihen (*Panzer*) aufgestellt, die langsameren Gruppenmitglieder nach vorn, um das Tempo mit meiner Kollegin zu bestimmen, und am Ende die Jungs, die gerne mal vorlaufen, mit mir an ihrer Seite.

Für diesen Tag haben wir extra zwei Wochen lang das alte Brot und die harten Brötchen vom Frühstück gesammelt, um damit die Tiere im Wald zu füttern. Wir haben sie bei uns im Gruppenraum auf die Heizung gelegt und mittlerweile sind sie steinhart.

An einem großen Baum angekommen rasten wir, um kurz zu lauschen, welche Geräusche wir so hören können und um danach die ersten Brotstücke aus dem Beutel zu verteilen.

Kurz darauf spüre ich, wie etwas an meinem Arm zerrt. Ich beuge mich herunter.

»Noah, meine Mama hat mir heute Morgen vorgelesen, dass es hier Wölfe gibt. Da müssen wir aufpassen!«, sagt der vierjährige Anton zu mir, während er seinen linken Zeigefinger tief in seinem linken Nasenloch vergraben hat.

»Ich glaube, um Wölfe brauchen wir uns hier keine Sorgen machen. Oder heißt du Rotkäppchen? Außerdem ist der Jäger ein guter Freund von mir und hat mir heute Morgen noch versprochen, dass alle Wölfe ihren freien

Tag haben«, antworte ich, nehme Antons Finger aus seiner Nase und reiche ihm ein Taschentuch.

Er nimmt mir das Tuch ab, wischt damit über seinen Mund und rennt lachend zu meiner Kollegin.

Leise höre ich, wie Anton sie fragt, ob die Wölfe heute frei haben.

Die mussten bestimmt schon am Ende des letzten Jahres ihren Urlaubsschein bei Mutter Natur einreichen, damit auch alles seine Richtigkeit hat. Es sind zwar Wölfe, also Tiere, aber wir leben ja immer noch in Deutschland und da muss schließlich alles seine Richtigkeit und Ordnung haben, denke ich schmunzelnd und warte auf die Reaktion meiner Kollegin.

Sie hebt den Kopf, blickt in meine Richtung, ich nicke kurz, sie wendet sich wieder Anton zu und bestätigt den heutigen Urlaubstag der Wölfe.

»Für welche Tiere legen wir das Brot eigentlich aus?«, frage ich kurz darauf alle Kinder der Gruppe.

»Rehe!«

»Igel!«

»Bären!«

»Keine Bären! Die essen doch Fische! Aber Wölfe! Die essen keine Fische!«

Ich kratze mich am Bart.

»Wölfe sind böse und essen Schafe von den Bauern!«

Was sollen sie denn sonst machen? Spargel stechen?, denke ich mir und sehe vor meinem geistigen Auge, wie sich ein Wolf ein Lätzchen umbindet und freudig vor einem Teller Spargel sitzt. *Würde er Sauce Hollandaise dazu nehmen? Also ich würde es auf jeden Fall!*

Mir läuft schon das Wasser im Munde zusammen, als ich mich gerade wieder auf das vorherige Thema konzentriere.

»Ja, Bären essen gern Fisch. Sie essen wie Wölfe auch Fleisch, aber unser Brot finden sie eher langweilig. Böse sind sie allerdings alle nicht. Wenn ihr möchtet, dann können wir bestimmt mal den Förster einladen und der kann uns etwas zu den Tieren erzählen, die im Wald leben. Also, fallen euch noch mehr Tiere ein, die sich über unser Brot freuen würden?«, versuche ich geschickt wieder auf die eigentliche Frage zu lenken.

»Na für alle, die haben ja alle Hunger!«, ruft mir Daniel daraufhin zu, während er sich ein Stück steinhartes Brot in den Mund schiebt. Er grinst mich an.

Ich grinse zurück.

»Daniel, ich wusste gar nicht, dass du ein Tier aus dem Wald bist!«, sage ich lachend, während ich mich zu ihm hinunterbeuge.

Er lächelt mich mit vollen Wangen an und ich habe das Bild eines Eichhörnchens im Kopf.

Immerhin mal ein Gedanke, der nichts mit Jurassic Park *zu tun hat,* denke ich.

»Aber lass lieber den pelzigeren Tieren das Brot. Wir essen doch nachher noch lecker Mittagessen«, versuche ich ihn davon abzuhalten, weitere Stücke des harten Gebäcks zu vertilgen.

Claudia kommt hinzu und hält mir ein Stück Brot unter den Bart, welchen ich gerade glatt streiche. Sie öffnet erwartungsfroh den Mund und strahlt mich über das ganze Gesicht an.

Pelzigere Tiere. Das hätte ich besser durchdenken sollen, geht es mir kurz durch den Kopf und ich bewundere Claudias Gedankengang.

Ich überlege einen Moment, jaule wie ein Wolf, öffne meinen Mund und Claudia steckt mir ein Stück wochenaltes, hartes Brot hinein.

Die Kinder freuen sich und in meinem Kopf leuchtet in rotem Neonlicht ein großes Reklameschild, das folgendes geradezu herausschreit:

Beiß zu und du sitzt morgen früh beim Zahnarzt.

Ich schaue in die lächelnden Gesichter der Kinder.

Das Lachen der Kinder ist es wert, denke ich und beiße zu.

Froschbadewanne

Einige Minuten später läuft die Gruppe mit meiner Kollegin an der Spitze und mir am Ende tiefer in den Wald hinein.

Ich spüre ein leichtes Pochen in meinem rechten Backenzahn.

Der Boden ist matschig und voller tiefer Pfützen, aber unsere Kinder sind zum Glück mit Gummistiefeln ausgestattet.

Ich habe, in weiser Voraussicht, schwarze Turnschuhe mit weißen Streifen angezogen. Nach 20 Metern sind die Streifen verschwunden.

Meine Kollegin trägt weiße Sneaker. Sie sagte mir vorher, dass es für Oktober noch schön warm ist.

Als wir nun zum Stehen kommen, um im Schlamm und Matsch nach Reh- und Wildschweinspuren zu suchen, grinse ich meine Kollegin an, schaue auf ihre Schuhe, sehe ihr in die Augen und sage: »Du hattest Recht. Es *ist* schön warm für Oktober.«

Ich weiß genau, was kommt und sie weiß ihrerseits genau, worauf ich mit meiner Aussage anspiele.

Sie straft mich mit ihrem patentierten *Dein Ernst, Kollege?*-Blick.

Der nächste Kaffee geht offenbar auf mich, denke ich, kann mir ein hämisches Grinsen allerdings nicht verkneifen.

»Sind die großen Löcher hier von Elefanten?«, fragt Anton kurz darauf in die Gruppe.

»Nee, die sind von Dinosauriern!«, antwortet Mila.

Unnötig zu erwähnen, dass es eine große Pfütze ist. Aber ich mag es, wenn die Kinder ohne Einfluss von Erwachsenen diskutieren können. Ihr Einfallsreichtum ist bewundernswert. Sie erklären sich diese große, weite Welt auf ihre ganz eigene Art und nichts liegt mir ferner, als diese Denkweisen zu unterbinden oder zu stören. Ebenso gefällt mir die Art und Weise, wie sie ihre eigenen Ängste mit einer Einfachheit bekämpfen, die Erwachsenen oftmals fehlt und um die wir sie beneiden sollten.

»Aber ein lieber Dinosaurier, so wie Littlefoot!«, ruft Anton, der dieses Mal seinen rechten Finger im rechten Nasenloch untergebracht hat.

Als Kind habe ich den Film geliebt. Heute kann ich ihn nicht mehr schauen, ohne anzufangen, zu heulen, denke ich kurz, ehe ich mich wieder den Kindern und ihrem Rätsel zuwende.

Ich beuge mich herunter zu der Pfütze, halte mein Gesicht ganz nah an das braune Wasser und nehme eine komplette Nase voll von dem modrigen Geruch in meine Lungen auf, atme genüsslich aus und sage mit ernster Miene:

»Kinder, ich glaube, hierbei handelt es sich ganz klar um eine Armee Frösche, die in dieser Pfütze lange gebadet haben! Das könnt ihr an dem Geruch erkennen. Riecht ihr die Frösche, die sich hier drinnen schon ein ausgiebiges Bad genehmigt haben?«, frage ich in die Runde, ohne mich wieder zu erheben.

Achtzehn Kindernasen nähern sich langsam und vorsichtig der Pfütze. Sie zucken mit ihren kleinen, roten und meist verstopften Nasen.

Ernste Mienen, bedächtiges Nicken. Stetig beginnen die Kinder zu lachen und sich gegenseitig zu beschreiben, wie die Froschbadewanne für sie riecht.

»Können wir da auch Brot reinlegen?«, fragt Leonie mit einem zahnlückenhaften Lächeln im Gesicht, welches mich wieder an den pochenden Schmerz in meiner Wange erinnert.

Ich hätte mich sehr über aufgeweichtes Brot gefreut, denke ich wehleidig und reibe mir die mittlerweile schmerzende Wange.

»Klar, pack ruhig ein Stück rein. Mal schauen, ob es auf dem Rückweg noch da ist!«, antworte ich und Leonie wirft ein großes Kantenstück in die Froschbadewanne.

»Also waren das gar keine Dinosaurier?«, fragt Mila leise, ohne den Blick von der Pfütze abzuwenden.

»Nein, das war leider kein Dinosaurier. Nur ein paar Frösche, die auch gerne mal im Pool baden«, sage ich und lächle Mila an.

Sie lächelt zurück, dreht sich zu meiner Kollegin, geht in die Hocke, hüpft los und quakt dabei.

2,4 Sekunden später hüpfen und quaken 18 kleine, gelb leuchtende und zwei größere, wollige Frösche durch den Schlamm und die Pfützen.

Beiderseits

Du kleiner Junge mit blauen Augen
Freust dich jeden Tag, mich zu sehen
Die Freude ist ganz meinerseits

Kann ich dir wirklich taugen
Mit mir wolltest du die ersten Schritte gehen
Die Wonne ist ganz beiderseits

Ich zähle jetzt bis drei!

Die Kinder spielen im Gruppenraum und ich sitze in der Kinderküche und lasse mir von Helga die Haare frisieren.

Das heißt, im Grunde genommen, dass sie mir mit einer Bürste, die eigentlich für unsere Puppen gedacht ist, durch die Haare fährt. Ich habe ein wenig Mattpaste in meinen Haaren, damit sie einigermaßen an Ort und Stelle sitzen, wenn ich den ganzen Tag auf dem Boden unterwegs bin, aber das stört Helga nicht.

Sie zieht stoisch ihre Bahnen durch mein Haar und ignoriert dabei, ganz und gar Profi, dass meine Augen tränen.

»Wie weit bist du, Helga?«, frage ich erneut mit zusammengebissenen Zähnen.

»Noch nicht fertig«, antwortet sie quietschend.

Ich sage ja: Profi durch und durch. Ich bin nur nicht mehr sicher, ob wir gerade Friseur oder doch Metzgereifachangestellte spielen, denke ich, schließe meine Augen und wünsche mich an einen schönen Ort, an dem mir niemand die Haare bürstet. Währenddessen reißt sie mir das wahrscheinlich hundertste Haarbüschel aus dem Schopf.

Was erträgt man nicht alles für den Job?

Von meiner Position aus kann ich beobachten, wie Daniel mit einer Spielzeugpfanne auf Theo zugeht. Daniel hebt die Pfanne über seinen Kopf. Einen kurzen Moment lang denke ich an das Baby der *Dinos*, eine Serie aus den Neunzigern, und vor meinem geistigen Auge sehe ich, wie das eben genannte Baby seinem Vater einen Topf mit Stiel über den Kopf zieht und dabei lauthals *Nicht die Mama!* brüllt.

Daniel hingegen senkt die Pfanne und reicht sie Theo, der gedankenverloren auf einem alten Magic Board malt, das bald aussortiert wird.

Dieser sieht kurz auf, nimmt die Pfanne von Daniel entgegen und setzt sie an seinen Mund und isst das imaginäre Essen, das sich darin befindet. Er scheint zu Ende gegessen zu haben, reicht Daniel die Pfanne zurück und widmet sich wieder seiner Zeichnung.

»Danke«, murmelt Theo leise, ohne aufzublicken.

Daniel nimmt die Pfanne und läuft zurück in die Kinderküche, um seine Utensilien fein säuberlich und von Hand abzuwaschen.

Ich kratze mich am Bart.

Faszinierend. In dieser kleinen Situation steckt schon wieder so viel, das mich daran erinnert, wieso ich diesen Beruf liebe, denke ich und wische mir eine Träne von der Wange. *Aber trotzdem hätte ich einen Geschirrspüler bevorzugt.*

Die Träne lief leider nicht vor Rührung über mein Gesicht, sondern weil Helga gerade eine sehr widerspenstige Strähne bearbeitet hat.

»Bin ich jetzt fertig?«, frage ich hoffnungsvoll und Helga scheint Gnade walten zu lassen.

»Ja, ich bin fertig«, sagt sie freudig und steht auf.

»Super, dann kann ich ja im Spiegel schauen, wie toll ich jetzt aussehe!«, sage ich erleichtert und möchte mich auch gerade erheben, als ich bemerke, dass Helga mit einer Hand voll Spangen und Zopfhaltern vor mir steht.

»Wieso solltest du jetzt toll aussehen? Außerdem meinte ich, dass ich mit dem Bürsten fertig bin! Jetzt müssen wir noch Spangen reinmachen!«, sagt Helga und ich bin mir nicht ganz sicher, ob mir ihr Lächeln nicht doch ein kleines bisschen diabolisch vorkommt.

♥

Zehn Minuten später, und unter der Verwendung von drei Zopfhaltern und sieben Spangen, sind meine Haare in einem Zustand, den Helga als *schick* bezeichnet, und ich werde wieder in die Freiheit entlassen.

Erleichtert stehe ich auf und strecke meine Glieder. Es knackt an allen Ecken und Enden und die eine oder andere Blockade löst sich.

Das tut gut. Ich glaube, das war der längste Friseurbesuch meines Lebens und hoffe, dass ich den nicht so schnell wiederholen muss, denke ich und sehe mich im Gruppenraum um.

Die Kinder spielen immer noch relativ friedlich vor sich hin, doch dann fällt mein Blick auf meine Kollegin, die mit verschränkten Armen drei Schritte von Claudia entfernt steht und sie mit ernstem Blick anschaut.

»Gib Anton bitte das Spielzeug zurück«, sagt sie mit scharfer Stimme.

Claudia zieht eine trotzige Schippe und macht keine Anstalten, Anton das besagte Spielzeug, bei dem es sich um ein kleines Diadem handelt, zurückzugeben.

»Claudia, gib ihm bitte das Spielzeug zurück«, sagt meine Kollegin erneut, dieses Mal noch bestimmter, als zuvor.

Wieder eine Schippe ziehend blickt Claudia dieses Mal auf ihre Schuhe, aber sie sieht immer noch nicht so aus, als würde sie Anton das Spielzeug zurückgeben.

Nun wird es spannend, denke ich und halte gespannt die Luft an.

»Claudia, ich zähle jetzt bis drei und dann gibst du Anton das Spielzeug wieder!«, sagt meine Kollegin.

Dieser sitzt die ganze Zeit über mit verheultem Gesicht neben seiner Erzieherin auf dem Boden.

»Eins«, sagt Magdalena deutlich.

Claudia verzieht keine Miene und schnaubt gut hörbar.

»Zwei«, zählt meine Kollegin weiter.

Das Mädchen bleibt versteinert.

Jetzt der Joker, denke ich und muss schmunzeln.

»Zweieinhalb«, sagt Magdalena und fixiert Claudia.

Der Widerstand fällt in sich zusammen und das Mädchen gibt Anton das Spielzeug zurück.

Dieser freut sich und spielt weiter, während sich meine Kollegin zu Claudia herunterbeugt und anfängt, in Ruhe mit ihr zu sprechen.

Es ist wichtig, immer das *Warum?* zu hinterfragen. Meine Kollegin hat die Situation aufgelöst und widmet sich nun mit Geduld und Sorgfalt Claudia.

Vielleicht wäre es aber besser gewesen, wenn sie zuerst *mit ihr gesprochen hätte, statt direkt die Dampframme auszupacken*, denke ich mir und beschließe, sie später darauf anzusprechen. In einem Team, gerade innerhalb einer Gruppe, ist es wichtig, dass man sich hinterfragt und miteinander über Situationen sprechen kann, die vielleicht mal nicht so gut gelöst wurden. Dabei sollte man allerdings nie vergessen, dass keiner von uns unfehlbar ist. Es gibt nichts Menschlicheres, als Fehler zu machen. Wichtig ist jedoch, der Umgang damit.

Während sich die beiden unterhalten, gehe ich in die Küche und bereite das Mittagessen vor.

Meine Kollegin und ich sitzen an strategisch wohlbedacht ausgewählten Plätzen im Gruppenraum, während die Kinder ruhen. Sie müssen natürlich nicht schlafen, aber ein Großteil der Gruppe hat das Angebot heute dankend angenommen, sich für eine Weile auszuruhen.

Von unseren Positionen aus haben wir alle Kinder im Blick, falls eines auf die Idee käme, etwas nicht so

Angebrachtes zu tun oder jemanden zu stören, der wirklich tief und fest schläft.

Die Kinder sind mittlerweile allerdings alle eingeschlafen.

Daniel ist vor wenigen Augenblicken von der Matte gerutscht und liegt nun auf dem Boden.

Es sieht nicht bequem aus und trotz Fußbodenheizung wird es sicherlich bald kalt auf dem Teppich, denke ich und hebe ihn so vorsichtig, wie möglich, zurück auf seine Matte.

Ich blicke zu Helga, die mit verschränkten Armen schlafend an ihrem Daumen nuckelt und dabei einen angestrengten Gesichtsausdruck zur Schau stellt.

»Du kannst ja richtig niedlich sein, wenn du mir nicht gerade die Haare vom Kopf ziehst. Und halt schläfst«, sage ich gedankenverloren etwas zu laut.

Helga hat immer noch die Augen geschlossen, streckt aber ihren Arm aus, öffnet die Hand und lässt den Arm wieder fallen.

Das war knapp, denke ich.

Mein Blick schweift zu meiner Kollegin.

»Wie war dein Gespräch vorhin mit Claudia?«, frage ich flüsternd.

»Ganz gut soweit. Sie hatte nicht gewusst, dass Anton mit dem Spielzeug gespielt hat. Vielleicht hat sie es wirklich nicht wahrgenommen«, flüstert sie.

Manchmal ist es für Eltern oder Erwachsene im allgemeinen sehr frustrierend, wenn sie glauben, dass sie von ihren Kindern belogen werden. Man sollte jedoch immer versuchen, die Welt aus Kinderaugen wahrzunehmen, um zu unterscheiden, ob ein Kind gerade lügt oder es eben nicht anders wahrgenommen hat. Ein Perspektivwechsel kann da durchaus aufschlussreich sein.

»War sie danach böse oder enttäuscht?«, frage ich.

»Nein, gar nicht, aber ich muss beim nächsten Mal vielleicht anders reagieren. Ich hätte vorher schon das Gespräch mit ihr suchen sollen. Außerdem ist dieses bis drei zählen nicht oldschool, sondern eher prähistorisch und pädagogisch nicht wertvoll«, sagt sie selbstkritisch und ich sehe die Enttäuschung über sich selbst und ihre Herangehensweise in ihrem Blick.

Das eigene Handeln immer wieder aufs Neue reflektieren. Eine Kernkompetenz, die jeder Erzieher haben sollte, denke ich und bin stolz auf meine Kollegin.

»Weißt du, was ich schon immer wissen wollte?«, frage ich leise.

»Was bei drei passiert?«, fragt meine Kollegin zurück.

»Genau«, sage ich.

Wir schweigen.

»Was passiert denn, wenn bis drei gezählt wurde?«, frage ich, weil mich die Neugier fast in den Wahnsinn treibt.

»Weißt du das etwa nicht?«, fragt meine Kollegin gespielt entsetzt.

»Nein. Ich bin auch der Meinung, dass noch nie jemand bis drei gezählt hat. Die Angst vor der bösen und unbekannten Konsequenz ist doch viel zu groß, oder? Sagst du es mir?«, frage ich, ebenfalls gespielt, hoffnungsvoll.

»Ich zähle bis drei, dann sage ich es dir«, sagt Magda mysteriös, mit tiefer, dunkler Stimme, die ich bei ihr noch nie vernommen habe.

Ich richte alle Aufmerksamkeit auf sie.

»Eins«, beginnt sie zu zählen. Die Temperatur fällt schlagartig um mindestens 15 Grad Celsius.

Ein Schauer überläuft meinen Rücken.

»Zwei«, zählt sie weiter.

Mein Magen ist ein Eisblock. Es scheint plötzlich noch dunkler im Raum geworden zu sein.

»Zweieinhalb«, sagt sie und wird dabei kaum merklich lauter.

Ich ertrage die Spannung nicht mehr.

»Ach, weißt du, eigentlich möchte ich gar nicht wissen, was bei drei passiert«, sage ich und zu meiner Erleichterung zählt Magdalena nicht weiter.

Sonnenschein

Kinderaugen leuchten heller
Weil sie so oft die Sonne sehen
Und nicht beim kleinsten Regenguss
Sofort nach drinnen gehen

Denn nach dem Schauer folgt
Ein gleißender Sonnenstrahl
Und man sieht es scheinen
Es funkelt doch überall

Mama hilft mir jeden Morgen

»Meine Mama hilft mir dabei jeden Morgen!«, sagt Claudia voller Stolz und dreht sich im Kreis, damit meine Kollegin und ich ihre geflochtenen Haare begutachten können.

»Wow, Claudia, die haben du und deine Mama aber toll hinbekommen!«, sagt Magdalena und präsentiert dabei ihr prächtigstes *Ich-bin-schwer-beeindruckt-junge-Dame-*Gesicht. Der Zopf kann natürlich nicht mit dem Elsa-Zopf mithalten, den sie den Kindern gerne flechtet, aber wenn man bedenkt, dass Claudia mitgeholfen hat, dann ist das Ergebnis sehr beeindruckend.

Auch ich mache ein durchaus begeistertes Gesicht, denn die Haare der Kinder zu wunderschönen Frisuren zu flechten ist immer noch eine Kunst, die ich nicht erlernt habe. Einen normalen Zopf bekomme ich ganz gut hin, aber meistens wird es der klassische *Noah-Seitenzopf*. Als ich einem Mädchen das erste Mal die Haare gemacht habe, war ich danach superstolz und meine Mentorin hat mich für meinen Seitenzopf gelobt. Mir war aber gar nicht aufgefallen, dass ich den Zopf scheinbar zu seitlich angesetzt hatte.

Ich bin dabei auch immer sehr vorsichtig und habe oftmals die Befürchtung, dass ich den Mädchen weh tu, wenn ich ihnen die Haare machen soll.

Bei meinen Kolleginnen sieht das ganz anders aus. Wenn ich ihnen dabei zuschaue, wie sie den Kindern die Haare machen, kommen mir immer selbst die Tränen und ich spüre das Ziepen, aber die Kinder verziehen keine Miene, was mir bestätigt, dass es gar nicht so sehr weh tut.

»Danke!«, rufen sie danach immer lächelnd und freudig und rennen wieder zu den anderen Kindern zum Spielen.

»Sag mal, tut das nicht total weh, wenn man sich einen Zopf macht? Ich meine, das muss doch ziemlich ziepen, oder nicht?«, frage ich Magdalena, während sie gerade die neuen Geburtstagskronen für die kommenden Geburtstagskinder bastelt.

»Nur manchmal, aber meistens eigentlich nicht. Wieso fragst du?«, antwortet sie, ohne dabei ihre wachen Augen von ihrer Bastelarbeit abzuwenden.

»Ich habe immer die Befürchtung, dass ich den Kindern weh tu, wenn ich ihnen mal wieder die Haare mache«, offenbare ich ihr meine Gedanken.

»Was soll denn bei deinen *Noah-Seitenzöpfen* weh tun?«, fragt sie mich kichernd und schneidet weiter, immer noch ohne zu mir zu schauen. »Die sitzen ja meist so locker, dass sie nach ein paar Minuten wieder rausgehen.«

»Na, generell. Und überhaupt. Und sowieso«, stammle ich in Ermangelung weiterer Argumente.

»Du machst dir mal wieder zu viele Gedanken«, sagt meine Kollegin und schaut von ihrer Bastelarbeit hoch.

Ein Lächeln huscht über ihr Gesicht.

»Was heckst du gerade schon wieder aus?«, frage ich sie.

»Kinder!«, ruft sie laut, ohne auf meine Frage einzugehen. »Hat vielleicht jemand Lust, unserem Noah mal einen Zopf zu flechten?«

Mir fällt die Kinnlade herunter.

Wie zu erwarten war, hat jedes Kind im Raum Lust darauf, mir einen Zopf zu flechten.

»Aber Noahs Haare sind doch viel zu kurz!«, ruft Claudia sichtlich verwundert.

Ich erhebe meine Hand und streiche mir durchs Haar. Mein letzter Friseurbesuch ist zwar schon eine ganze Weile her, aber Claudia hat Recht. Einen Zopf flechten kann man mir mit dieser Haarlänge nicht wirklich.

»Ich meine ja auch nicht die Haare oben auf dem Kopf«, sagt Magdalena daraufhin kichernd und streicht sich über ihr Kinn.

Ich kratze mich am Bart.

Dann überkommt mich eine Welle der Erkenntnis und ich öffne den Mund, gebe ein stummes *Aaaah* von mir und schließe ihn wieder. Ich möchte den Kindern ja nicht die Idee vorwegnehmen.

»Aber wo sollen wir ihm denn sonst die Haare flechten?«, fragt Claudia sichtlich verwundert.

»Bestimmt auf dem Rücken! Mein Papa hat ganz viele Haare auf dem Rücken!«, ruft Theo.

»Na, wo hat Noah denn noch Haare? Außer oben auf dem Kopf und vielleicht auf dem Rücken«, fragt meine

Kollegin gespielt unschlüssig, kann sich ein kurzes Auflachen wegen Theos Bemerkung aber nicht verkneifen.

»Vielleicht sollen wir ihm eine Perücke aufsetzen!«, meint Leonie daraufhin und macht sich schon auf den Weg in Richtung Puppenecke, um eine für mich passende Kinderperücke aus dem großen Sortiment zu wählen.

»Das wäre bestimmt auch sehr lustig«, fährt meine Kollegin fort, »Aber das meinte ich eigentlich nicht.«

Immer noch überlegen einige der Kinder und schauen mich mit rauchenden Köpfen an.

Ich hocke mich vor den Halbkreis aus Kindern und bewege meinen Kopf langsam von links nach rechts, damit sich die Kinder mein Gesicht genau anschauen können. Dabei streiche ich mir, so unauffällig wie möglich, ab und zu über den Bart.

Da bald Weihnachten ist und ich es immer total lustig finde, mir zur Weihnachtszeit meinen Bart wachsen zu lassen, um mir kleine Christbaumkugeln dranzuhängen, ist er schon ein ganzes Stück länger, als er es sonst war.

Anton kommt in den Gruppenraum geschlendert, er war wenige Minuten zuvor auf die Toilette gegangen und sieht sich verwundert um.

Wir müssen wirklich ein sehr merkwürdiges Bild abgeben. Ein Erzieher hockt auf dem Boden und vor ihm stehen ein paar Mädchen in einem Halbkreis, die sein Gesicht begutachten, als würden Kunstkritiker einen echten van Gogh vor sich sehen.

»Was macht ihr da?«, fragt er und kommt auf uns zu. Dabei schüttelt er sich immer noch die Hände trocken.

»Wir überlegen, ob wir Noah einen Zopf flechten können«, sagt meine Kollegin. »Hast du vielleicht eine Idee, Anton?«

Der Junge legt seine Stirn in Falten und verlagert sein Körpergewicht auf das linke Bein. Er stellt das rechte ein wenig vor, hält den Kopf schief, legt seinen linken Zeigefinger tippend auf seine Nase, der linke Unterarm steht senkrecht und wird vor der Brust von seinem rechten Arm gestützt.

Er überlegt kurz in dieser Position, dann bricht seine Denkerpose in sich zusammen und er legt den Kopf in den Nacken und lässt ein helles Lachen ertönen.

»Dann können wir ja deinen Bart flechten, der ist doch schon so lang«, kichert Anton, als er seinen kleinen Lachanfall so weit überstanden hat.

»Na das ist mal eine tolle Idee!«, pflichtet Magdalena Anton bei.

♥

Wenige Minuten später hat meine Kollegin auch schon einen kleinen Korb mit Flechtutensilien geholt. Und damit meine ich Haarspangen, Zopfhalter und Klammern in allen möglichen und unmöglichen Ausführungen, in den Farben des Regenbogens und mit jeder Figur bedruckt, die man aus dem Fernsehen kennt.

Sofort machen sich alle Kinder über den Inhalt des Korbes her und bewaffnen sich mit Spangen und Zopfhaltern.

»Ich glaube, Noahs Bart ist nicht lang genug, um wirklich zu einem Zopf geflochten zu werden. Ich denke aber, wir könnten auf jeden Fall einige Spangen und auch den einen oder anderen kleinen Zopfhalter benutzen, um seinen Bart ein wenig aufzuhübschen, oder?«, fragt meine Kollegin die Kinder, die, wie zu erwarten, alle Feuer und Flamme sind und sofort anfangen, über meinen Bart herzufallen.

♥

Wenige Minuten später kann ich zwei Dinge mit Gewissheit und guten Gewissens bestätigen:

Erstens ist es durchaus schmerzhaft, wenn einem von fünf Kindern gleichzeitig Spangen und Zopfhalter in den Bart gefriemelt werden. Es ziept nicht nur, es tut sogar richtig weh und ich glaube, ich habe heute sehr viele Barthaare verloren.

Zweitens möchte ich festhalten, dass es im Alltag eines Erziehers oder einer Erzieherin häufig zu Momenten kommt, in denen man Schmerz fühlt. Aber wenn man dann wieder in die leuchtenden und fröhlichen Augen der Kinder schaut, weiß man: Das ist es meistens wert.

Außerdem sollte man tunlichst vermeiden, Schwäche zu zeigen.

Wer Schwäche zeigt, hat schon verloren.

»Kinder, das habt ihr wunderbar gemacht!«, kichert Magdalena, die mein Martyrium die ganze Zeit leise kichernd und mit einem Grinsen im Gesicht beobachtet hat.

»Los, Noah, lass uns im Bad in den Spiegel schauen!«, sagt Claudia und springt auf.

»Sehe ich denn genauso schick aus wie du?«, frage ich und gewöhne mich langsam an das Ziepen in meiner unteren Gesichtshälfte.

»Nicht wirklich, aber anschauen musst du es dir trotzdem!«, antwortet Claudia brutal ehrlich auf meine Frage.

Ich gehe also mit den kleinen Starfriseuren in unser Bad und wir bewundern meinen Bart im Spiegel.

Ich habe es mir ehrlich gesagt schlimmer vorgestellt, aber der hohe Verlust an Barthaaren heute wird sich an Weihnachten bemerkbar machen, denke ich gerade, als Daniel von seiner Mama gebracht wird, die mich verdutzt ansieht und dann loslacht.

»Schade, Daniel, da hast du wohl den witzigsten Moment des Tages verpasst«, schmunzelt seine Mutter und verabschiedet sich liebevoll von ihrem Sohn.

Wir gehen wieder alle zusammen in den Gruppenraum zurück und meine Kollegin bemerkt sofort, dass ich mit mehr Kindern wiederkomme, als ich ursprünglich losgegangen bin.

»Guten Morgen, Daniel! Hast du schon Noahs top gestylten Bart gesehen?«, begrüßt sie ihn und fängt wieder an zu kichern. Die Schadenfreude fließt geradezu aus ihr heraus, aber auch wahre Freude darüber, dass die Kinder schon so viel Spaß am heutigen Tage hatten. Und sie selbst natürlich ebenfalls und das ist eine gewaltige Menge wert.

»Ja, habe ich. Aber ich will euch auch etwas zeigen«, sagt er und krempelt den Hemdsärmel seines linken Armes langsam nach oben.

»Mein Papa hat mir heute Morgen geholfen, das Tattoo aufzukleben«, sagt Daniel und präsentiert uns stolz einen kleinen, grünen Drachen auf seinem Oberarm.

»Wow!«, staune ich und begutachte das Bild sehr eindringlich und glaube, dass das genau das ist, was Daniel heute erwartet hat, wenn er es uns präsentiert. »Der sieht ja richtig gefährlich aus!«

»Ja, das hat Papa auch gesagt«, antwortet Daniel stolz und dreht sich im Kreis, damit alle Kinder sein Tattoo bewundern können.

Claudia staunt gerade noch über Daniels tolles Drachentattoo, dann schwenkt ihr Blick zu meinem linken Arm, auf dem sich auch einige Tätowierungen tummeln. Sie legt den Kopf schief, zieht die Augenbrauen zusammen und schaut wieder zu Daniel.

»Hilft deine Mama dir auch jeden Morgen, die Tattoos aufzukleben?«, fragt Claudia, nachdem ihr Blick wieder kritisch über meinen Arm gestrichen ist.

»Nein, wobei das eine lustige Idee ist. Die Tattoos, die ich trage, die bleiben für immer. Die macht man nur einmal drauf«, antworte ich, aber Daniels Drache hat mittlerweile wieder ihre volle Aufmerksamkeit.

Ich wende mich von der Szenerie ab und gehe zu Magdalena, um einen Schluck Wasser aus meiner Flasche zu trinken, die sich auf dem Schreibtisch befindet, an dem sie wieder in ihre Bastelarbeiten vertieft ist.

»Schade«, sagt sie unvermittelt.

»Was findest du schade?«, frage ich, nachdem ich meine Wasserflasche abgesetzt habe.

»Schade, dass die Kinder dir jetzt nicht auch noch eine neue Tätowierung verpassen wollen. So ein kleiner Dalmatiner würde sich zwischen deinen Tattoos bestimmt sehr schön machen«, kichert meine Kollegin.

Ein Lächeln schleicht sich auf mein Gesicht und ich begebe mich wieder zurück zu den anderen Kindern und bewundere mit ihnen zusammen den grünen Drachen auf Daniels Arm. Innerlich bin ich außerdem froh darüber, dass wir keine Nadeln im Kindergarten haben.

Glück gehabt.

Herz

Du lächelst den ganzen Tag
Und bist gut für jeden Scherz
Doch als Erzieher brauchst du
Vor allem ein großes Herz

Berufe raten

Ich bitte die Kinder darum, ihre Plätze für das Frühstück herzurichten und sich danach mit mir auf den Spielteppich zu setzen. Sie hatten sich gewünscht, den Morgenkreis vor der ersten Mahlzeit des Tages durchzuführen und dem Wunsch komme ich natürlich gerne nach. Daniel rennt noch wie von einer Biene gestochen durch den Gruppenraum.

»Daniel, wie wäre es, wenn du dich zu uns setzt?«, frage ich ihn.

Er dreht eine weitere Runde und ruft: »Ich möchte aber lieber spielen!«

»Nach dem Frühstück können wir weiterspielen, doch jetzt würde ich euch gern begrüßen und erfahren, was ihr am Wochenende so erlebt habt. Meinst du, du könntest dich dazu gesellen? Wenn nicht, ist das auch kein Problem, aber vielleicht möchtest du uns ja etwas Spannendes erzählen?«, frage ich und beobachte, wie Daniel weiter seine Bahnen zieht.

»Aber ich will jetzt spielen!«, ruft er, langsam außer Atem, zurück.

»Man kann aber nicht den ganzen Tag spielen!«, ruft Helga, die schon brav auf dem Teppich sitzt.

Wieso eigentlich nicht? Wäre mal eine angenehme Abwechslung, denke ich etwas reumütig.

Ich schaue Helga aus den Augenwinkeln an und sehe, dass sie die Lippen aufeinanderpresst, leicht eine Schippe zieht und die Augen ein wenig zusammenkneift. Ich nehme mir vor, sie nach dem Morgenkreis beim Spielen genauer zu beobachten und sie vielleicht direkt anzusprechen.

Sie wirkt gereizt, denke ich.

Ich wende mich wieder Daniel zu.

»Den ganzen Tag spielen können wir heute wirklich nicht, aber direkt nach dem Frühstück geht es weiter. Setz dich zu uns und lass mal hören, was du am Wochenende so gespielt hast«, versuche ich Daniel wieder zu uns in den Kreis zu locken.

»Na gut. Aber ich will neben Noah sitzen!«, ruft er und hüpft zu meiner Rechten auf den Teppich und lässt sich auf seinen Hintern plumpsen. Er schaut zufrieden in die Runde.

Die Kinder und ich sitzen auf unserem Spielteppich im Morgenkreis. Es ist Montag morgen, kurz vor acht Uhr. Wie jeden Montag habe ich das Gefühl, dass die Batterien der Kinder mit 110%iger Ladung unmittelbar vor einer Explosion stehen. Ich mag es, wenn Leben in der Bude ist, doch sind Montage in der Regel eine Sache für sich und damit muss man zunächst einmal umgehen lernen.

Nacheinander können uns die Kinder von ihrem Wochenende erzählen. Viele haben Ausflüge mit ihren Eltern unternommen, manche waren bei ihren Großeltern zu Besuch oder haben mit Freunden gespielt. Nur Helga war leider etwas schweigsam und hat wenig von selbst gesprochen. Ich musste gezielt nachfragen, um ihr einige Sätze zu entlocken.

Nach dem Frühstück können die Kinder frei im Raum spielen, an den Tischen malen oder basteln, die Kuschelecke nutzen oder auch Gesellschaftsspiele spielen.

Daniel spielt mit den anderen Jungs *Polizist und Räuber*. Dabei kann er seinen Bewegungsdrang, den er heute verspürt, vollumfänglich ausleben.

Ich schaue mich im Raum um und sehe, dass Helga am Tisch malt.

Nach kurzem Zögern gehe ich zu ihr. Ich setze mich dazu. Claudia und Mila sitzen auch an dem Tisch und malen ebenfalls.

Helga legt kurz darauf ihren Stift beiseite und schaut mich mit großen Augen an. Ich schaue auf ihr Blatt und sehe ein Haus mit drei Fenstern. Aus einem blickt ein kleiner Mensch mit langen Haaren und aus einem anderen schaut ein großer Mensch mit langen Haaren.

»Wer ist das?«, frage ich sie und zeige auf den kleinen Menschen.

»Das bin ich in meinem Zimmer. Und das da«, sie zeigt auf die andere Person, » ist meine Mama.«

Ich überlege kurz und frage mich, wieso sie ihren Papa nicht mit auf das Bild gemalt hat. Ich habe ihren Vater erst letzte Woche gesehen und kann mir nicht vorstellen, dass sich ihre Eltern getrennt haben. Kinder können uns durch Kleinigkeiten ganz viele Geschichten von Zuhause erzählen, ohne dass sie es mitbekommen. Die pädagogischen Fachkräfte müssen diese kleinen Hinweise *nur* erkennen, was gar nicht so leicht ist und ein hohes Maß an Empathie und Aufmerksamkeit erfordert. Und natürlich einen Perspektivwechsel.

»Das hast du schön gemalt. Darf ich wissen, wo dein Papa auf dem Bild ist?«, frage ich Helga.

»Papa hat eine neue Arbeit und hat mich deshalb heute nicht zum Kindergarten gebracht. Und wenn Papa keine Zeit hat, ist Mama bestimmt traurig und möchte auch nicht mehr mit mir spielen«, sagt sie und ich merke, wie sie traurig den Blick auf ihr Bild richtet.

Ihr Vater ist einer der Väter, die bei jedem Fest dabei sind, bei Arbeitseinsätzen mit anpacken und mehr als großzügig Besorgungen für das Frühstück in der Kita beisteuern. Ich habe ihn bisher als sehr liebenswürdigen Vater und sympathischen Mann kennengelernt. Dass er Helga vernachlässigen könnte ist für mich unwahrscheinlich.

Allerdings verstehe ich natürlich ihre Ängste. Solche Veränderungen der Lebenswelten sind für Kinder immer mit Stress und Ängsten verbunden. Es gibt Kinder, die mit solchen Umorientierungen in ihrer Umwelt gut zurecht kommen, allerdings gibt es auch Kinder, die in solchen Momenten überfordert sind.

Helga ist ein aufgewecktes und agiles Mädchen. Man merkt ihr an, dass sie der Umstand des Berufswechsels ihres Vaters belastet. Zum Glück weiß ich, dass ihr Papa am Mittwoch bei unserem *Elternkindfest* dabei sein wird.

»Helga, dein Papa wird sicher noch ganz viel Zeit für dich haben. Dass dein Papa einen neuen Beruf hat ist was wirklich Tolles. Außerdem wird dein Papa spätestens am Mittwoch mit dir zusammen bei unserem Fest an den spannenden Spielen teilnehmen! Ich weiß, dass er sich schon sehr darauf freut, mit dir das Dreibeinrennen zu gewinnen«, sage ich und kann ihr mit meinen Worten ein kleines Lächeln entlocken. Solche Momente sind schön, doch ist es meistens vergleichsweise schwer, wenn Kinder Angst vor Zurückweisungen haben. Bei Helga haben meine Worte zum Glück gewirkt.

»Oh ja, das Dreibeinrennen! Darauf freu ich mich auch schon ganz doll! Papa und ich haben am Wochenende sogar dafür geübt! Wir sind gar nicht oft hingefallen«, sagt Helga mit einem strahlenden Lächeln im Gesicht.

»Super! Dann kann da ja gar nichts schiefgehen!«, sage ich und schiebe ihr Blatt und ihren Stift zu ihr rüber.

»Was möchtest du jetzt malen?«, frage ich.

»Papa bei seiner neuen Arbeit!«, ruft sie und beugt sich tief über ihr Blatt, lässt die Zunge aus dem Mund hängen und beginnt konzentriert mit dem Stift das Papier zu bearbeiten.

Ich schaue ihr noch wenige Augenblicke zu. Natürlich ist es nicht immer so, dass man Ängste und Sorgen eines Kindes mit nur einem oder zwei Sätzen beseitigen kann, aber man kann ihnen mit jeder Sekunde Aufmerksamkeit, die man ihnen schenkt, etwas bewirken.

Ich stehe auf und gehe zu Magdalena, um ihr kurz von dem Gespräch zu erzählen.

»Du siehst aus, als würdest du immer noch grübeln«, sagt sie, während ich verträumt und in Gedanken versunken durch den Raum schaue.

»Ja. Ich überlege, wie ich Helga zeigen kann, dass es toll ist, dass ihr Papa einen neuen Job hat«, sage ich und schlage mir kurz darauf mit der flachen Hand an die Stirn.

»Na klar! Wir spielen mit den Kindern, bevor wir rausgehen, *Berufe raten*. Dann können wir uns über tolle Berufe ihrer Eltern unterhalten und gleichzeitig über die Wunschberufe unserer Kinder. Das haben wir schon eine Weile nicht mehr gespielt«, sage ich voller Euphorie.

Dann schaue ich verwundert auf meine rote Handfläche und reibe mir die Stirn.

»Aua. Das tat mehr weh, als gedacht«, jammere ich ein wenig.

»Alles klar, lieber Kollege, ich bin dabei! Lass uns das morgen durchziehen, dann können wir uns schon mal ein wenig darauf vorbereiten«, schlägt Magdalena vor und trommelt alle Kinder zusammen, da es jetzt Zeit wird, für diejenigen, die Lust haben, in den Sportraum zu gehen.

Am nächsten Tag sitzen wir erneut auf dem Teppich im Morgenkreis. Meine Kollegin übernimmt die Spielleitung und ich darf mitspielen. Sie erklärt den Kindern kurz die Regeln und nacheinander können sie, zunächst so gut es geht, die Berufe ihrer Eltern beschreiben und die anderen sollen raten, um welchen Beruf es sich handelt. Ist der Begriff erraten, ist das Kind, das richtig lag, als Nächstes an der Reihe. Nachdem jedes Kind dran gewesen ist, beginnen wir das Spiel erneut. Dieses Mal kann jedes Kind seinen Wunschberuf beschreiben.

Es sind viele Polizisten, Feuerwehrmänner/ -frauen, Verkäufer, ein Taxifahrer, ein paar Astronauten und ein Fußballspieler dabei. Den Wahrheitsgehalt können wir natürlich nicht prüfen, aber wir nehmen jedes Kind ernst.

Als Letzter bin ich an der Reihe.

»Ich arbeite mit vielen Kindern zusammen im Kindergarten und darf viel spielen!«, sag ich in die Runde und die Augen der Kinder kleben an meinen Lippen.

»Du bist unser Erzieher!«, ruft Theo sofort.

»Ja, das stimmt«, sage ich daraufhin und bin stolz, dass Theo es so schnell erraten hat.

»Hä, aber das ist doch kein Beruf!«, ruft Daniel.

»Doch, das ist mein Beruf, den ich jeden Tag hier im Kindergarten ausübe«, sage ich mit einem triumphierenden Lächeln im Gesicht.

»Aber du hast doch gestern gesagt, dass wir nicht den ganzen Tag spielen können!«, entgegnet mir Daniel daraufhin mit skeptischem Blick.

»Das stimmt ja auch. Ab und zu decken wir den Tisch oder basteln zusammen.«

»Als ob den ganzen Tag spielen ein Beruf ist!«, sagt Daniel etwas pampig.

»Na ja, wir spielen ja auch nicht nur. Aber schon viel und das macht wirklich Spaß«, eilt mir meine Kollegin zur Hilfe.

»Dann will ich doch nicht Taxifahrer werden«, sagt Daniel, »ich möchte auch so viel spielen, wenn ich groß bin!«

Mann

Schon so oft habe ich gedacht
Wenn der Zweifel in mir schwirrt
Dass mir das alles zu viel wird
Doch dann habe ich gelacht

Diese Ängste sind in Ordnung
Die Kinder erinnern mich daran
Dass man auch mal weinen darf
Selbst als großer, starker Mann

Mein Papa hat auch einen Penis

Ich sitze auf einem Hocker in unserem Gruppenraum, während sich die Kinder, die sich gern etwas ausruhen möchten, für den Mittagsschlaf umziehen.

Raus aus den Klamotten, rein in den Schlafanzug. Eines bekommt zum Schlafen noch eine Windel, die anderen nicht. Einige der Kinder brauchen dabei etwas Hilfe, die meisten können sich aber schon alleine an- und ausziehen.

Letzte Woche hatte ich Urlaub. Ich habe viel gelesen und war mit meinem Hund unterwegs, aber sonst ist nichts Spannendes passiert.

Auch in unserer Gruppe war es soweit ruhig, habe ich mir sagen lassen. Ich habe eine unserer Dienstberatungen verpasst. Magdalena hatte von ihrer letzten Fortbildung berichtet. Ich werde mir vielleicht während der Schlafwache (ein unglaublich deutsches Wort, oder?) von ihr erzählen lassen, um was es ging. Wenn nicht heute, dann eher an einem anderen Tag.

Ich helfe gerade Anton aus seinem Oberteil (»Viel zu eng!«), als mich Helga ganz verträumt anschaut.

Sie steht da, nur in Hemd und Schlüppi gekleidet, den Zeigefinger der rechten Hand im rechten Nasenloch und sieht aus, als wäre sie in Gedanken ganz weit weg. Sie schaut mir allerdings nicht ins Gesicht.

Ich folge ihrem Blick und stelle fest, dass sie auf meinen Schritt starrt. Gerade, als ich mit der Hand vor ihrem Blickfeld wie ein Scheibenwischer hin und her winken möchte, damit sie aufwacht und sich weiter umzieht, erwacht sie von selbst, nimmt den Finger aus der Nase, schaut mir ins Gesicht und sagt lächelnd:

»Mein Papa hat auch einen Penis!«

Rumms!

Einen Moment lang muss ich sie angeschaut haben, als wäre mein Betriebssystem abgestürzt. Mein Gesicht mäandert zwischen erschrocken, verblüfft, belustigt und absoluter Nulllinie.

Ich hole schnappend Luft und versuche, meine Stimme wiederzufinden.

»Äh, ja. Das stimmt«, sage ich etwas zerknirscht und mit hochrotem Kopf. Dunkel erinnere ich mich an die Gespräche beim Frühstück in der Krippengruppe von Rowena und Doris.

»Und ich habe eine Scheide. Und meine Mama auch.«

Noch während ich »Auch das ist richtig« stammele, fallen alle sieben Kinder im Gruppenraum mit ein, um zu bekräftigen, dass ihre Eltern alle gesund entwickelte und der Norm entsprechend verteilte Geschlechtsmerkmale aufweisen.

Das ist jetzt doch ganz anders, als in der Gruppe von Rowena und Doris, denke ich und bin verzweifelt dabei, mich etwas zu beruhigen.

Ich versuche, Herr der Lage zu werden, als Helga die nächste Information bekannt gibt.

»Aber ein Poloch haben alle.«

Mir fällt das Gesicht herunter.

Alle Kinder scheinen sich einig zu sein, dass diese Aussage korrekt ist, denn alle stimmen freudig mit ein und geben Helga Recht, indem sie die gestreute Information lautstark und hochfrequentiert wiederholen, als müssten sie sichergehen, dass es auch alle mitbekommen haben.

Ich finde meine Stimme wieder und versuche, Ruhe in den Laden zu bringen, und die Kinder durch eine fachlich fundierte Ansprache daran zu erinnern, dass wir uns gerade für den Mittagsschlaf fertig machen.

»Äh, Kinder ... bitte seid etwas leiser ... wir wollen doch gleich *Leo Lausemaus* hören ... und wenn wir uns nicht beeilen, haben wir dafür gar keine Zeit mehr«, bringe ich bruchstückhaft hervor, würde mir aber selber auch nicht zuhören.

Trotzdem verstummen alle Kinder sofort und kümmern sich wieder um ihre Aufgabe.

Nur ich sitze immer noch etwas verunsichert auf meinem Stuhl und denke über das Gespräch nach. Ich beobachte, wie die Kinder ihre Schlafsachen anziehen und sich in ihre Betten setzen, sich Bücher anschauen und mit ihren Kuscheltieren spielen.

Nach wenigen Minuten beende ich die Bücherzeit und schicke die windelfreien Kinder in das Badezimmer, damit sie nochmal auf die Toilette gehen, sofern sie müssen und möchten.

Als sie nach der Erledigung ihrer kleinen und großen Geschäfte wieder in den Schlafraum kommen, legen sich alle Kinder ins Bett.

Ich gehe von Bett zu Bett, decke jedes Kind zu, wünsche eine angenehme Mittagsruhe und setze mich zur Schlafwache zwischen die Matten auf zwei Kissen.

Ich hänge meinen Gedanken nach. Das Gespräch der Kinder von vorhin lässt mich nicht los. Ich wüsste gern, wie Helga darauf kam. Das Thema schien sie zu beschäftigen.

Andererseits frage ich mich, wie ihre Eltern es finden, wenn Helga auf dem Weg nach Hause im Auto sitzt und vom Rücksitz aus ihrem Maxi Cosi ruft: »Noah hat auch einen Penis!«

Ich kann mir die Blicke ihrer Eltern nur allzu gut vorstellen. Und die Fragen, die eine solche Aussage hervorruft.

Wie kommt sie denn darauf? Woher weiß sie das? Gut, die Frage ist natürlich bescheuert, streichen wir die lieber wieder.

Und noch weitaus schlimmere Fragen, die ich gar nicht ausformulieren möchte.

Magdalena betritt den Raum.

»Na, schlafen schon alle?«

»Natürlich nicht.«

»Also, alles wie immer?«

»Nicht ganz«, antworte ich etwas verträumt.

Meine Kollegin schaut mich irritiert an und ich beginne, ihr von Helgas Aussage und dem darauffolgenden Trubel unter den Kindern zu berichten.

Während ich erzähle, beginnt Magdalena sanft zu lächeln.

»Du bist ja süß, worüber du dir so Gedanken machst. Ich verstehe deine Bedenken, deine Ängste und auch, dass dir das als Mann sehr unangenehm ist. Mach dir keinen Kopf. Ich weiß nämlich, wie sie darauf kam«, sagt sie und schließt ihre Ausführungen mit einem Lächeln.

Ich kratze mich am Bart.

Dann warte ich darauf, dass meine Kollegin weiterspricht, doch wie so häufig scheint sie es zu genießen, mich zu ärgern und lässt mich noch etwas zappeln.

»Hättest du denn die Güte und erleuchtest mich mit deinem Wissen?«, frage ich leicht zerknirscht.

»Na gut, weil du es bist. Vielleicht erinnerst du dich an die Fortbildung, die ich vor zwei Monaten gemacht habe. Frühkindliche Sexualisierung. Dort ging es auch darum, inwieweit Kinder sich in diesem Alter mit der eigenen Sexualität auseinandersetzen und die Unterschiede zwischen Mädchen und Jungen erkennen und lernen zu verstehen.

So sollte man zum Beispiel darauf verzichten, den Penis als Pullermann, Piephahn oder Ähnlichem zu bezeichnen, sondern klar beim Namen zu nennen. Dasselbe gilt natürlich auch für die weiblichen Geschlechtsorgane.

Alles okay? Du wirst gerade so rot und starrst mich so verblüfft an. Keine Sorge, das ist ein ganz normales Thema, ich verstehe aber auch deine Reaktion. Man ist es im

Alltag nicht gewohnt, so direkt damit konfrontiert zu werden. Aber wie ich schon sagte, es ist ganz normal und ist auch interessant für die Kinder.«

Ich schaue Magdalena wirklich etwas dümmlich an. Mein Mund steht einen Schnuff zu weit offen, das obere Augenlid meines rechten Auges zuckt unkontrolliert und mein Atem hat für einige Sekunden ausgesetzt.

Als ich meine Fassung wieder erlange und meine Stimmbänder meinen Befehlen gehorchen wollen, frage ich sie, ob sie eine Ahnung hat, *warum* es Helga in diesem Moment beschäftigt hat. Sie hat ja wohl kaum ebenfalls an dieser Fortbildung teilgenommen.

Natürlich hat meine liebe Kollegin auch auf diese Frage eine Antwort parat.

»Als du letzte Woche im Urlaub warst, habe ich mit den Kindern im Morgenkreis ein Buch zu dem Thema behandelt. Ich habe es ihnen vorgelesen und ihnen die Bilder gezeigt, außerdem habe ich zwei unserer Puppen genommen und ihnen anhand dieser Puppen die Geschlechtsteile gezeigt und sie dann auch von den Kindern benennen lassen.

Du siehst also, es ist alles kein Problem und du brauchst dir keine weiteren Gedanken machen. Und wenn dich Eltern wirklich auf dieses Thema ansprechen sollten, hast du ja jetzt eine adäquate Antwort und Begründung.

Regel Nummer 1: Du musst es immer begründen können«, schließt sie ihre Ausführungen erneut mit einem Lächeln.

Wir verbrachten die restliche Schlafwache zusammen und sprachen noch einige Sätze zu dem Thema.

Ich war merklich beruhigt nach dem Gespräch und Magdalena natürlich sehr dankbar, dass sie meine Bedenken so schnell zerstreuen konnte.

»Da verpasse ich einmal eine Dienstberatung durch meinen Urlaub und sofort fehlen mir solche interessanten Informationen«, sage ich und rolle dabei mit den Augen.

»Als ob du die Informationen wichtig oder interessant gefunden hättest, wenn du dabei gewesen wärst«, sagt meine Kollegin schmunzelnd.

♥

Nach der Mittagsruhe helfe ich den kleineren Kindern wieder beim An- und Ausziehen. Die meisten haben wirklich geschlafen, einige aber auch nur geruht, was natürlich vollkommen in Ordnung ist.

Während ich Anton aus seinem Schlafanzug helfe, schaut mich Claudia ganz verträumt an.

Ich folge ihrem Blick und stelle fest, dass sie mir nicht ins Gesicht, sondern an mir herunterschaut.

Alles klar, dieses Mal bin ich bereit und vorgewarnt, denke ich und bereite mich mental schon auf das Gespräch vor.

Claudia schaut lächelnd hoch in mein Gesicht und sagt: »Mein Papa hat auch einen Pullover!«

Dieses Mal mäandert mein Gesichtsausdruck zwischen belustigt, erleichtert und erheitert. Ich kichere in mich hinein und helfe den Kindern weiter beim Umziehen.

Das Vesper wartet.

Der Winter kommt herangeschlichen

Alle Käfer sind erstarrt
Auch die Igel legen sich zur Ruh'
Verstecken sich unter Laub und Ästen
Decken sich mit Blättern zu

Der Wald steht stumm und kahl
Die Blätter sind herabgefallen
Kein Geräusch und keinen Laut
Hört man durch die Flure hallen

Ein kalter Wind fegt durch die Bäume
Alle Tiere sind von ihm gewichen
Die Eiszapfen haben es versprochen
Der Winter kommt herangeschlichen

Weihnachtswunsch

Prinzessin Wachtmeisterin

Es ist Dezember und die Kindertagesstätte ist weihnachtlich geschmückt. Überall hängen Schneemänner aus Wattepads, ausgeschnittene Schneeflocken baumeln von der Decke und natürlich wurde die komplette Dekoration von den Kindern selbst gebastelt. Wer möchte schon in eine Einrichtung kommen und dann nur Werke der pädagogischen Fachkräfte sehen? Ich habe mir Weihnachtskugeln in den Bart gehängt. Die Kinder lieben das.

Ich laufe gerade zu dem Tisch, auf dem wir in der Regel das Frühstück vorbereiten, als Mila auf mich zu gerannt kommt.

Sie trägt eines unserer hellblauen Prinzessinnenkleider, welche sich bei unseren Mädchen großer Beliebtheit erfreuen. Manchmal tragen auch die Jungs die Kleider und ich finde das vollkommen in Ordnung. Jeder, der anderer Meinung ist, darf gern bei mir vorstellig werden und seine prähistorischen Geschlechterklischees erläutern. Aber ich schweife ab.

»Noah, wie alt bist du?«, fragt sie mich und schaut mich mit großen Augen an.

»Ich bin 25 Jahre alt«, sage ich und mach mich selbst ein bisschen größer, als ich eigentlich bin.

»Und in welchem Jahr bist du dann geboren?«, fragt sie weiter. Sie erscheint neugierig, trotz dieser relativ alltäglichen Frage.

»Im Jahr 1994. Am Frauentag, um genau zu sein«, sage ich etwas verwundert.

Mila formt ihren Mund zu einem erstaunten *O* und schaut mich mit großen Augen an.

»Gab es da schon Ritter?«, fragt sie mich hoffnungsvoll.

Einen Moment lang bin ich sprachlos und lächle dann in mich hinein.

»Die gab es da leider schon nicht mehr. Aber ich hätte auch gern Ritter kennengelernt.«, antworte ich Mila und ziehe dabei ein wenig eine Schippe, indem ich meine Unterlippe so weit wie möglich vorschiebe.

»Oh, schade«, sagt Mila etwas geknickt.

Stimmt irgendwie. Ich kenne heute nur noch Ritter Rost und ich glaube nicht, dass sie den gelten lassen würde. Von den Rittern der Kokosnuss möchte ich da gar nicht erst anfangen, denke ich, doch dann spricht Mila auch schon weiter.

»Aber eine Prinzessin braucht doch einen Ritter, der sie vor dem Drachen rettet!«, sagt Mila mit etwas Trotz in der Stimme.

»Bestimmt findest du hier in der Gruppe einen passenden Ritter für dich. Ansonsten bist du ja eine starke Prinzessin und kannst dich auch selbst retten!«, sage ich, da ich nicht viel von prähistorischen Rollenverteilungen halte. Ein kleines Mädchen kann meiner Meinung nach genauso gut einen Drachen besiegen, wie ein Junge ein Kleid tragen darf. Aber ich schweife erneut ab.

Mila runzelt die Stirn und scheint darüber nachzudenken.

»Ich habe eine Idee!«, ruft sie plötzlich und läuft davon.

Ich zucke mit den Schultern und wende mich Magdalena und dem Frühstück zu.

Meine Kollegin und ich bereiten gerade mit einigen älteren Kindern zusammen die erste Mahlzeit des Tages vor. Wir schneiden Obst, wärmen Brötchen auf und lassen die Kinder langsam die Tische decken.

»Noah, hast du dich am Bein geschnitten?«, fragt mich Mila, die mittlerweile zurückgekommen ist.

Sie hat nun, passend zu dem Prinzessinnenkleid, auch noch eine Polizeimütze aufgesetzt.

»Prinzessin Wachtmeisterin!«, salutiere ich und schlage dabei meine Hacken zusammen, nachdem ich das Messer außer Reichweite für die Kinder abgelegt habe. Ein Salut war zwar nicht nötig, aber manchmal geht das Rollenspiel mit mir durch.

»Offensichtlich haben Sie sich für eine passende Alternative zu einem Ritter entschieden!«, sage ich gespielt hochtrabend.

»Ja und als Polizistin und Prinzessin frage ich dich ja, ob du verletzt bist, weil deine Hose kaputt ist!«, sagt sie in offiziellem Tonfall einer angehenden Beamtin des Ordnungsamtes.

Ich schaue an mir herunter und begutachte meine Beine. Ich sehe nichts Ungewöhnliches. Weiße Turnschuhe, eine schwarze, etwas zerfranste Hose, welche einen Mix aus

Jeans und Jogginghose darstellt. Übrigens sehr praktisch für einen Beruf wie meinen, in dem man stets und ständig hoch und runter, nach links und rechts, in die Hocke, auf die Knie, auf den Bauch, auf den Rücken und manchmal durch einen Feuerreifen springen, vor einem Bulldozer davonrennen und auf einem Drachen reiten muss.

»Ich kann nichts erkennen. Was genau meinst du?«, frage ich Mila und schaue immer noch unwissend an meiner Hose hinab.

»Na da sind doch überall Löcher in deiner Hose!«, weist mich Mila mit ausgestrecktem Zeigefinger auf die fransigen *Löcher* in meiner Hose hin.

»Ach so, nein, das sind keine Löcher und ich habe mich auch nicht geschnitten. Doch es ist schön, dass du so aufmerksam bist und mir das sagst! Das ist mit Absicht so. Das ist modern heutzutage«, antworte ich ihr und ziehe einen losen Faden von der Hose.

Sie greift sofort an einen Größeren und zieht wie wild daran. Da ich in der Hocke bin, verliere ich das Gleichgewicht und taumele kniend nach vorn und schlage mit meinem Knie hart auf dem Boden auf.

Das tut weh.

»Mit einer heilen Hose wäre dir das nicht passiert!«, ruft Mila mir ins Gesicht, während ich mir mit schmerzverzerrter Grimasse über das Knie reibe, um den Schmerz loszuwerden.

Meine Kollegin hat das Ganze in Seelenruhe mit den anderen Kindern um uns herum beobachtet und eilt mir, kollegial wie sie ist, zur Seite und richtet das Wort an Mila.

»Mila, wie wär's, wenn du aufhebst, was du da auf den Boden geworfen hast?«, fragt sie prustend vor Lachen an die kleine Dame gerichtet.

Mila fällt in das Lachen mit ein, nimmt meine Hand in ihre winzigen Hände, lehnt sich mit ihrem kompletten Körpergewicht nach hinten, beißt die Zähne zusammen und zieht mit aller Macht, die einer vierjährigen Prinzessin mit Polizeimütze zur Verfügung steht und das ist nicht wenig.

Nur reicht es leider noch nicht ganz, um einen erwachsenen Mann, der wegen eines böse angestoßenen Knies Tränen in den Augen hat, vom Boden aufzusammeln.

Ich unterstütze sie ein wenig beim Aufstehen und drücke mich Stück für Stück nach oben.

Als ich mich hochgerappelt habe, strecke ich das Bein, reibe mir das Knie und stehe kerzengerade vor Mila. Ich bedanke mich für die Hilfe mit einer Verbeugung vor der Prinzessin Wachtmeisterin.

Glucksend läuft sie davon, um sich von einem Prinzen oder einer Prinzessin retten zu lassen, einen Ganoven, der eine Bank ausgeraubt hat, zu verhaften oder einen Drachen, der einen wahrhaft riesigen Schatz bewacht, zu verprügeln.

Vielleicht aber auch alle drei Dinge auf einmal.

Strumpfhose

Ich bin mit meiner Kollegin gerade dabei, den Kindern beim anzuziehen zu helfen, damit wir die kühle, klare Luft auf dem Außengelände genießen können. Wir möchten den Kindern gern jeden Tag die Möglichkeit dazu geben, sich an der frischen Luft auszutoben. Während ich vor Theo knie, um ihm bei seinen Stiefeln zu helfen, denke ich an ein Gespräch mit meiner Großmutter am letzten Sonntag beim Mittagessen.

»Junge, wie siehst du denn aus? Unrasiert, Haare nicht gekämmt und deine Klamotten sind ja kaputt! Löcher in der Hose, Fransen am Pullover!«, schalt sie mich zur Begrüßung.

Und wie du wieder aussiehst, Löcher in der Hose, ging es mir in Gedanken sofort durch den Kopf, doch konnte ich das Lied sehr schnell wieder abschütteln.

»Hallo, Oma. Ich freue mich auch, dich zu sehen. Wie war deine Woche? Wie war dein Termin bei der Fußpflege?«, begrüßte ich meine Oma, um schnell das Thema zu wechseln. Manchmal bin ich aber auch naiv und unterschätze meine Oma ein wenig. Natürlich lässt sie sich von meinem plumpen Versuch nicht aus dem Konzept bringen.

»Junge, zu Weihnachten kannst du dir doch anstelle eines Buches mal eine neue Hose wünschen! Ich habe neulich in der Stadt total tolle Pullover gesehen! Soll ich dir da mal was mitbringen? So kannst du doch nicht rumlaufen!«, polterte sie weiter.

Mir war etwas unbehaglich zumute, weil die Klamotten natürlich im eigentlichen Sinne nicht kaputt waren. Ich hatte sie mit Absicht so gekauft. Zwei Tage zuvor.

»Ach Oma, das ist doch jetzt modern. Das trägt man heutzutage so«, verteidigte ich meine neuesten Errungenschaften vor meiner Großmutter.

»Na ja, da brauchst du dich aber auch nicht wundern, dass du krank wirst, wenn du Löcher in der Hose hast!«, warf sie mir an den Kopf und egalisierte damit die von mir vorgebrachten Argumente mit der Autorität, die eine Oma ihrem Enkel gegenüber nun mal hat.

Aus meinen Gedanken gerissen werde ich durch ein kleines Strampeln an meinem lädierten Knie.

Ich beiße die Zähne zusammen und pruste kurz darauf Luft durch meine geschlossenen Lippen heraus.

»Habe ich dir wehgetan? Entschuldige Noah, das wollte ich nicht«, entschuldigt sich Theo sofort, nachdem er mein verzerrtes Gesicht sieht.

»Nicht so schlimm, war ja keine Absicht. Bin vorhin nur aus Versehen auf mein Knie gefallen und das schmerzt immer noch ein wenig, aber ich bleibe tapfer«, antworte ich lächelnd, während ich Theo in seine dicke Jacke hineinhelfe.

»Bist du gestürzt, weil deine Hose kaputt ist?«, fragt Theo etwas verschnupft.

»Nein, ich bin nur auf mein Knie gefallen. Mila und ich haben vorhin gespielt. Und meine Hose ist nicht kaputt. Die muss so sein. Das ist modern!«, antworte ich etwas schnippisch, verheimliche den genauen Tathergang des Malheurs mit Mila kurz zuvor und frage mich langsam, ob meine Hose nicht *doch* kaputt ist.

Theo scheint mit meiner Antwort zufrieden, nickt lächelnd und setzt sich seine Mütze auf.

»Deine neue Hose scheint ja richtig Thema zu sein heute! Ich wusste gar nicht, dass du modisch gesehen der neue

Trendsetter im Kindergarten bist«, höre ich meine Kollegin von der Seite zu mir sagen.

Ich wende mich von Theo ab, um Magdalena einen müden Blick zuzuwerfen.

»Offensichtlich hat die Hose den Effekt, dass mich alle bemitleiden und mich freundlicherweise darauf hinweisen wollen, dass sie kaputt ist. Nur ist es vergebene Liebesmüh. Ich habe sie ja hauptsächlich der Bequemlichkeit wegen gekauft«, sage ich.

»Und natürlich, damit man dein Bauarbeiterdekolleté nicht sieht, während du die Kinder anziehst«, ergänzt sie lachend.

Wir blicken uns um und stellen fest, dass bereits alle Kinder die Garderobe verlassen haben und nach draußen gegangen sind. Wir ziehen uns unsere Jacken über, setzen die Mützen auf und begeben uns ebenfalls auf das Außengelände.

Dort bietet sich uns ein sehr angenehmer Anblick. Einige Kollegen stehen verteilt auf dem Gelände und werfen alle Augen und Hühneraugen auf unsere Kinder, während diese das tun, was sie am besten können: *Kindsein.*

Die Kinder nutzen vergnügt die Dreiräder, andere Fahrzeuge, die Klettergerüste und spielen mit diversen Bällen, Schaufeln und Naturgegenständen.

Unser Außengelände ist schön groß und die Kinder genießen die Freiheit. Sie lieben es, sich rote Wangen und kalte Nasen zu holen.

»Noah, wieso ist deine Hose kaputt?«, fragt mich Anton, als er mit einem Dreirad an mir vorbeifährt.

»Meine Hose ist nicht …«, versuche ich mich erneut zu erklären, aber er ist schon wieder ein paar Meter entfernt.

Okay, morgen ziehe ich definitiv eine andere Hose an!, rufe ich mir in Gedanken sehr laut zu.

Meine Kollegin hat das Ganze einige Meter weit entfernt beobachten können und schaut mit einer hochgezogenen Augenbraue und einem verschmitzten Lächeln zu mir.

Ich verdrehe die Augen.

Dieses Mal fährt Anton langsamer auf mich zu und wiederholt seine Frage.

Ich schaue an mir herunter und versuche, ihm zu erklären, dass die Hose nicht kaputt sei, sondern mit Absicht etwas fransig.

»Aber Noah, das ist ja gar nicht schlimm. Lass dir doch zu Weihnachten einfach vom Weihnachtsmann eine neue Strumpfhose schenken«, sagt Anton lachend und tritt wieder schneller in die Pedale des Dreirades.

Verblüfft und sprachlos schaue ich ihm hinterher. Magdalena kann sich nicht mehr beherrschen und beginnt erst prustend und dann laut zu lachen.

Manchmal kann es so einfach sein, denke ich mir, fange auch an zu lachen und widme mich den Kindern im Sandkasten.

Tischspruch

Meinen Teller esse ich auf
Keinen Krümel lasse ich drauf
Esse alles, was mir schmeckt
Und in mir den Hunger weckt

Als der Weihnachtsmann seine Hose verlor

Heute findet die große Weihnachtsfeier in unserem Kindergarten statt.

Wie jedes Jahr sind alle Mitglieder des Elternkuratoriums zu der Kinderweihnachtsfeier in unserer Einrichtung eingeladen, damit sie hautnah miterleben können, wie der Weihnachtsmann in den Kindergartengruppen durch die Räume geht und Geschenke an die Kinder verteilt.

Natürlich haben die pädagogischen Fachkräfte und Kinder der einzelnen Gruppen auch Geschenke für die Mitglieder des Elternkuratoriums vorbereitet, die immer mit sehr viel Liebe gebastelt und mit Stolz überreicht werden.

Ich persönlich mag den weihnachtlichen Trubel und die besinnliche Atmosphäre. Mir gefällt, mit wie viel Liebe meine Kolleginnen ihre Räume und die Flure geschmückt haben und dass ich morgens direkt am Eingang von Weihnachtsmusik begrüßt werde. Ich habe zwar selbst überhaupt kein Händchen für das Basteln mit Papier, Pappe oder Ton, aber ich arbeite sehr gern mit Holz.

Während meiner Ausbildung habe ich auch einige Praktika in einem Hort absolviert und dort mit einer Kollegin und ihren Kindern einen tollen Weihnachtsbaum aus Holz gebaut. Wir hatten uns drei große Latten zu einem freistehenden Stativ geschraubt und danach Bretter zu den Ecken einer Tanne in die richtige Form gesägt. Dabei konnten uns die Kinder sehr gut helfen. In diese Planken hatten wir dann noch einzelne Löcher gebohrt, durch die wir später die Lichter einer Lichterkette stecken wollten und einige größere Löcher hatten wir mit einer Laubsäge herausgesägt, um dort Christbaumkugeln unterzubringen. Die Kinder hatten mächtig viel Spaß daran, die Bretter zu bearbeiten. Meine Mentorin und ich auch.

Als diese dann fertig zurecht gesägt waren, haben wir die einzelnen Bretter (unten das längste, nach oben hin immer kürzer werdend, um die Baumform zu erhalten) an dem Stativ festgeschraubt. Danach konnten sich die Kinder dekorativ an dem Baum austoben und haben die Kugeln und Lichterketten angebracht. Meiner Mentorin kam am Ende die Ehre zuteil, vor den Augen aller Kinder, Erzieherinnen und Erzieher der Einrichtung, den Stern auf die Spitze zu setzen.

Ich erinnere mich immer sehr gern an diesen Tag und hoffe, dass ich nochmal dazu komme, einen solchen Baum mit den Kindern meiner Gruppe zu bauen.

Natürlich darf der Glühwein zum Feierabend für meine Kolleginnen nicht fehlen und der Duft von Plätzchen durchdringt die gesamte Einrichtung.

Wenn ich an Plätzchen denke, erinnere ich mich auch gern an einen Tag in der Küche während meiner Ausbildung.

Wir hatten die Aufgabe bekommen, in Gruppen aufgeteilt, Plätzchen für die Belegschaft und die Bewohner eines Seniorenheimes in unserer Stadt zu backen.

Dabei ist es durchaus möglich, dass meiner Gruppe etwas zu viel von dem Rumaroma in den Teig geraten ist und weil meine Gruppe aus den einzigen drei Jungs (Männer würde ich nicht sagen) der Klasse bestand, fanden wir das natürlich unheimlich witzig.

Mindestens genauso komisch empfanden wir es, als wir auf der Suche nach weiteren Ausstechformen, einen Flaschenöffner aus Aluminium fanden und fortan Plätzchen in Flaschenöffnerform ausstachen und am Ende ein Blech voller Flaschenöffnerplätzchen mit sehr starkem Rumaroma gebacken hatten.

In der Woche darauf kam eine Vertreterin der Einrichtung zu uns in die Klasse, um sich persönlich für die nette Geste der Nächstenliebe zu bedanken. Dabei erwähnte sie ausdrücklich, dass gerade den älteren Herren die Flaschenöffnerplätzchen mit dem angenehm sanften Rumaroma gefallen hatten.

Für uns Jungs (immer noch keine Männer) war das natürlich ein Ritterschlag, wurden wir doch vorher von unseren Klassenkameradinnen für unsere kindische Aktion größtenteils belächelt und das ist noch diplomatisch und nett ausgedrückt.

Nun saßen wir mit hocherhobenen Nasen und stolzgeschwellter Heldenbrust in der letzten Reihe (wo auch sonst?) und sonnten uns in unseren 15 Minuten Ruhm (oder war es Rum? Ach, eigentlich egal, oder?).

Wir wollten unser Kunststück natürlich immer mal wiederholen, aber leider hatten wir keine Gelegenheit dazu.

Ich bin bisher der einzige Mann in meiner Einrichtung. Was das für die Wahl des Weihnachtsmannes in diesem Jahr bedeutet, muss ich sicherlich nicht weiter ausführen, aber ich möchte es an dieser Stelle trotzdem nicht versäumen:

Ich habe in diesem Jahr die ehrenvolle Aufgabe, den Weihnachtsmann zu spielen, durch alle Gruppen zu gehen und den Kindern die Geschenke zu bringen.

»Ich finde,«, setzt meine Kollegin zum wiederholten Male in dieser Woche kichernd an, »dass wir uns keinen besseren Weihnachtsmann hätten aussuchen können.«

»Ja, ich weiß, das erwähntest du bereits. Mehrfach. Heute«, antworte ich sichtlich genervt.

»Was ist denn los?«, fragt sie immer noch lächelnd.

»Lampenfieber. Ich musste mal im Kindergarten bei einer Aufführung einen Schneemann spielen und habe schrecklich versagt. Seither bereiten mir öffentliche Auftritte, gerade im Kindergarten, unfassbare Angst«, antworte ich und werfe einen sehr nachdenklichen Blick in Richtung Fenster.

Wäre dies ein Film, käme jetzt ein Rückblick in meine Kindheit. Wie ich auf einer kleinen Bühne, als

Schneemann verkleidet stehe und ein anderes Kind versucht, mich umzupusten. Ich habe keine Ahnung, welches Stück oder Märchen wir da aufgeführt haben. Ich bin aber so erstarrt, dass ich einfach nicht falle, bis mich meine Erzieherin ziemlich ruppig nach hinten zieht, sodass ich auf den ungepolsterten, windellosen Hintern plumpse. Natürlich fange ich zu weinen an, als hätte man mir soeben mein Lieblingsstofftier aus den Händen gerissen und es vor meinen Augen in einen Vulkan geworfen. Wie ich zu dieser grandiosen Rolle gekommen bin? Meine Erzieherin hat jemanden dafür gesucht und hat alle Kinder, die artig aufgereiht vor ihr standen, nacheinander angeschaut. Anstatt, wie ich es heute machen würde, auf den Boden zu schauen (getreu dem Motto: Sehe ich dich nicht, siehst du mich nicht, fieser Tyrannosaurus Rex), habe ich ihr, ohne etwas Böses zu denken, in die Augen geschaut. Das ist mir nie wieder passiert und ich starre jedes Mal sehr interessiert auf meine Füße, wenn jemand Freiwilliges für irgendeine Scheißaufgabe gesucht wird, Frau Kühne!

Ich schweife mal wieder ab.

»Du armer, armer Junge«, sagt Magdalena, aber ich reagiere nicht wirklich darauf, weil vor meinem geistigen Auge gerade der Grund für meine Schneemannphobie vorbeizieht.

»Was soll das denn nun werden? Du bist hier nicht in einem Film, Noah, du brauchst jetzt nicht nostalgisch in die Ferne schauen«, lacht mich meine Kollegin weiter aus.

Aus meinen Gedanken gerissen blicke ich Magdalena resigniert an.

»Lach du mich nur aus, aber irgendwann will ich dich hier als Osterhase verkleidet durch den Flur hoppeln sehen!«, antworte ich etwas patzig.

»Darauf kannst du lange warten!«, sagt sie und schaut zur Uhr. »Apropos warten, es ist Showtime, Santa!«

Ich schaue ebenfalls zur Uhr und stelle fest, dass ich in zehn Minuten in der ersten Gruppe sein soll.

»Oha, ich muss mich noch verkleiden«, sage ich gehetzt und begebe mich in Richtung Tür.

»HoHoHo, heißt das und nicht oha! Hals und Beinbruch, Grantelbart ... ich meine natürlich: Weihnachtsmann!«, ruft sie mir, jetzt wieder kichernd, hinterher.

Ich begebe mich in unser Mitarbeiterzimmer, liebevoll auch Pausenraum oder Wohlfühloase genannt. Die meisten sagen das mit einem ironischen Unterton und ich weiß ganz genau, wieso sie den Raum so nennen.

Das Zimmer ist sehr klein, spartanisch eingerichtet mit einem Tisch, ein paar Stühlen und einer alten Kaffeemaschine. Der Kopierer steht auf einem breiteren Tisch und direkt neben dem Gerät liegt nun eine Plastiktüte, in der ein nagelneues Weihnachtsmannkostüm verstaut ist.

Ich nehme das Kostüm aus der Tüte und betrachte es kritisch.

Na ja, ist halt ein Weihnachtsmannkostüm. Was will ich da großartig erkennen?, denke ich und atme schwer seufzend aus.

Ich schaue erneut auf die Uhr und stelle fest, dass mir nur noch fünf Minuten bis zu meinem Auftritt in der ersten Gruppe bleiben. Nicht besonders viel Zeit, um sich in das Kostüm zu zwängen.

Ich habe zu lange getrödelt und auf der Toilette war ich vorher auch nicht mehr!

Panik steigt langsam in mir auf und das Lampenfieber hat mich voll im Griff.

»Noah, was machst du denn noch hier? Du sollst doch jeden Moment in der ersten Gruppe sein und den Weihnachtsmann geben!«, höre ich auf einmal die Stimme meiner Chefin vor der Türe.

»Äh, ja, ich ... äh ...«, stammle ich vor mich hin und muss dabei einen sehr erbärmlichen Eindruck vermitteln. Ich führe mich wahrscheinlich auf wie ein Kindergartenkind, das sich aus Versehen in die Hose gemacht hat.

Aber wie sie es auch bei einem Kind halten würde, das sich gerade eingepullert hat, ist Frau Bernstein genauso geduldig und einfühlsam zu mir, wie zu den Kindern.

»Lampenfieber? Aufgeregt?«, fragt sie und lächelt wissend.

»Ja. Sehr sogar«, antworte ich wahrheitsgemäß, tipple von einem Fuß auf den anderen und schaue mir dabei meine Schuhe ganz genau an, als wäre ich völlig verwundert darüber, sie an meinen eigenen Füßen zu sehen.

»Ich kann dich verstehen, aber du musst immer bedenken: Die Kinder sind viel nervöser und aufgeregter, als du es gerade bist. Der Weihnachtsmann kommt nur einmal im Jahr, hat ganz viele tolle Geschenke dabei. Von zu Hause aus haben Kinder auch oftmals Angst, dass der

Weihnachtsmann nichts bringt, oder gar die Rute aus seinem großen Sack zieht, wo doch tolle Sachen drin sein sollten.

Du kannst dir also sicher sein, dass du heute das Kind in unserer Einrichtung bist, das am wenigsten aufgeregt ist. Gleichzeitig bist du der Weihnachtsmann, der heute ganz vielen Kindern ein Lächeln auf das Gesicht zaubern wird«, spricht meine Chefin mir Mut zu und ich spüre, dass ihre Worte genau den Effekt haben, den sie erreichen möchte: Ich bin beruhigt und fühle neuen Enthusiasmus.

»Sie haben Recht. Vielen Dank, für die lieben Worte, ich denke, das habe ich gebraucht. Wissen Sie, als Kind ...«, beginne ich eine schmalzige Rede, als mich Frau Bernstein unterbricht.

»Das kannst du mir alles später mal erzählen, aber du hast noch genau zwei Minuten, um dein Kostüm anzuziehen. Die erste Gruppe wartet sicher schon sehnsüchtig«, sagt meine Chefin bestimmt und wendet sich wieder aus dem Pausenraum, damit ich mich in Ruhe umziehen kann.

♥

Das Kostüm ist viel zu groß

Die Hose muss ich mit einem Papiergürtel so sehr festziehen, dass ich jeden Moment Gefahr laufe, ihn zu zerreißen, weshalb ich mich dazu entschlossen habe, meine Jeanshose unter dem Kostüm anzulassen. Der Mantel sitzt auch sehr locker und ich habe das Gefühl, dass ich noch ein weiteres Mal hineinpassen würde.

Der Wattebart überdeckt kaum meinen eigenen Bart (Großer, lieber Weihnachtsmann, was hast du deinem Bart denn angetan?). Und die Weihnachtsmütze ist das einzige Teil an dem Kostüm, welches offenbar für einen von Schneewittchens Zwergen maßgeschneidert wurde.

So gut es mir möglich ist, begebe ich mich zur Tür der ersten Gruppe, vor der ein großer Bettbezug voller Geschenke steht. Ich klopfe drei Mal kräftig dagegen (gegen die Tür, nicht gegen den Sack).

»Herein!«, ruft Sabine aus dem Inneren.

Ich öffne die Tür und greife, kurz bevor es zu spät ist, noch den Sack mit den Geschenken. Wie peinlich wäre es denn, wenn der Weihnachtsmann ohne Gaben zu Besuch kommt? Man stelle sich vor, der Weihnachtsmann kommt vorbei, lässt sich mit selbstgebackenen Plätzchen und Milch verköstigen und verschwindet dann mit seinem Rentierschlitten, inklusive Rudolph als Frontscheinwerfer, ohne ein einziges Päckchen da gelassen zu haben! Ein Skandal, der nicht nur in der Kita, sondern gleich am ganzen Nordpol für gehörig Empörung sorgen würde.

Ich betrete den Gruppenraum und Blicke in 22 große und leuchtende Kinderaugenpaare.

»HoHoHo!«, sage ich mit tiefer Stimme. »Draußen vom Walde, da komme ich her und lasset euch sagen, liebe Kinder, es weihnachtet sehr!«

Mein Publikum scheint von meiner grandiosen Schauspielleistung so begeistert zu sein, dass keiner ein Wort herausbringt.

»Seid ihr denn alle schön artig gewesen?«, versuche ich ein Gespräch mit den Kindern zu starten und die Stimmung zu entspannen.

Die Frage scheint das Eis gebrochen zu haben, denn nun plappern alle Kinder auf einmal los und wollen mir zu verstehen geben, dass sie alle sehr artig waren.

Eine kleine, nervige Unterbrechung:

An dieser Stelle ist es mir wichtig, zu betonen, dass Kinder gar nicht artig sein müssen. Einzigartig reicht vollkommen.

»Wollen wir dem Weihnachtsmann noch ein kleines Gedicht aufsagen?«, fragt Fabienne, neben Sabine die Erzieherin der Gruppe, ihre Kinder, welche freudig mit Zustimmung antworten.

Die Kinder stehen auf und bringen sich in Formation und sprechen im Chor:

Dein Lächeln ist ganz breit
Lieber Weihnachtsmann!
Hast du denn gefroren?
Hast doch deinen Mantel an!

Auf dem Kopf eine rote Mütze
Im Gesicht ein weißer Bart
Jährlich mit deinen Rentieren
Eine weite, kalte Fahrt

Du guter Mann, der immer lacht
Sag, hast du uns was mitgebracht?

»Vielen Dank, das war wirklich ein schönes Weihnachtsgedicht und Gedichte über Weihnachten höre ich immer am liebsten!«, gebe ich lächelnd mein Feedback zu dem für mich vorgetragenen Text.

»Nun, liebe Kinder, als Dankeschön für das schöne Gedicht und weil ihr wirklich so artig wart, habe ich hier einen großen Sack voller Geschenke für euch. Sabine hat mir vorhin versprochen, dass sie mir helfen möchte. Sie wird einen nach dem anderen von euch zu mir nach vorne schicken und dann dürft ihr eines der Geschenke aussuchen und mit an euren Platz nehmen. Wenn alle Päckchen verteilt sind, könnt ihr sie nachher, wenn ich weitergezogen bin, mit Sabine, Fabienne und den anderen Kindern zusammen, auspacken«, sage ich in meiner schönsten, brummenden Weihnachtsmannimitation.

Die Kinder nicken eifrig.

Sabine beginnt daraufhin, ein Kind nach dem anderen zu mir nach vorne zu schicken und ich verteile tatkräftig Geschenke an die Kinder, die manchmal etwas schüchtern vor mir stehen.

Meine Chefin hatte Recht. Es ist wirklich eine große Freude, den Kindern die Geschenke zu geben und es fühlt sich wirklich toll an, so angehimmelt zu werden.

♥

Als der Sack mit den Geschenken geleert ist, bekomme auch ich, also der Weihnachtsmann, noch ein kleines Geschenk der Kinder: Eine Tüte mit selbstgebackenen

Keksen.

»Vielen lieben Dank, Kinder!«, sage ich und bin wirklich gerührt.

»So, verabschiedet euch bitte vom Weihnachtsmann. Der hat es nämlich eilig und muss heute noch ganz vielen Kindern Geschenke bringen!«, ruft Sabine.

Ich erhebe mich von dem Stuhl, auf dem ich die letzten 15 Minuten gesessen habe und merke noch beim Aufstehen, dass sich der Gürtel meiner Hose scheinbar gelöst hat.

Die rote Weihnachtsmannhose gleitet an mir herab und der Weihnachtsmann steht ohne Hose vor den Kindern, die zum Glück wenig Notiz davon nehmen, da alle viel zu sehr damit beschäftigt sind, ihre Geschenke zu öffnen.

Nur das schallende Lachen meiner Kolleginnen zeigt mir, dass es nicht unbemerkt geblieben ist.

Schnell ziehe ich meine Weihnachtsmannhose wieder hoch und zerre fest an dem Gürtel, der daraufhin, wie zuvor befürchtet, auseinanderreißt.

Ich murmle noch ein »Auf Wiedersehen, Kinder« und bin dann auch schon aus der Tür und im Flur verschwunden. Meine Hose ist direkt wieder nach unten gerutscht und Magdalena steht plötzlich ungläubig vor mir.

»Also, Santa, ich habe echt nicht erwartet, dass etwas Schlimmes oder Lustiges passiert, aber das hier übersteigt meine kühnsten Erwartungen!«, sagt sie und lacht schallend.

»Ich habe den Papiergürtel zerrissen …«, murmle ich.

»Kein Problem, Knecht Ruprecht. Ich habe bestimmt etwas Garn in unserem Bastelschrank. Wir kriegen deine Hose schon wieder fest«, sagt sie immer noch kichernd.

»Danke«, sage ich etwas erleichtert und mir wird in diesem Moment bewusst, dass es gar nicht so schlimm ist, dass dem Weihnachtsmann die Hose abhanden gekommen ist.

Der Weihnachtsmann hat eben sehr viel abgenommen, rede ich mir ein.

Meine Kollegin holt Garn aus dem Bastelschrank und hilft mir, die Hose wieder festzuziehen, was sogar deutlich besser gelingt, als mit dem Gürtel zuvor.

»So, das sollte halten. Zumindest für die restlichen Gruppen«, sagt sie und schaut mir skeptisch ins Gesicht.

»Was denn?«, frage ich. »Hat der Weihnachtsmann Rentiermist im Gesicht kleben?«

»Man sieht deinen Bart unter deinem Rauschebart«, kichert sie. »Oder eher, man sieht deinen Rauschebart unter dem Bart.«

»Eher Grantelbart, wenn du mich weiter ärgerst!«, sag ich leicht schnippisch.

»Sei nicht eingeschnappt, Weihnachtsmann«, sagt meine Kollegin belustigt und begibt sich wieder auf den Weg in unsere Gruppe. Sie schaut über ihre Schulter und sagt im Fortgehen noch:

»Geh lieber in die nächste Gruppe, die warten sicher schon sehnsüchtig auf dich!«

»Ich bin nicht eingeschnappt!«, sage ich immer noch eingeschnappt und gehe in die nächste Gruppe.

Der restliche Tag verlief ohne weitere Vorfälle.

Die Hose des Weihnachtsmannes saß bombenfest und ich wurde von Gruppe zu Gruppe selbstsicherer und konnte den Weihnachtsmann am Ende immer besser spielen.

Als ich wieder in meiner eigenen Gruppe ankomme, sind die Kinder gerade dabei, die Geschenke auszupacken, die ich (der Weihnachtsmann, natürlich!), vorhin vorbeigebracht habe.

»Noah, der Weihnachtsmann war da!«, sagt Helga stürmisch.

»Ja, der sah aus wie du!«, ruft Anton daraufhin.

»Nein, Noah sieht doch nicht aus wie der Weihnachtsmann«, widerspricht meine Kollegin. »Er sieht doch viel mehr so aus, wie Grantelbart, oder?«

»Ja!«, stimmen die Kinder ihr sofort zu.

»Zeigt mir doch lieber mal, was der Weihnachtsmann gebracht hat!«, sage ich und bin wirklich interessiert, da ich aus vertraulicher Quelle weiß, dass uns der Weihnachtsmann eine Tonie-Box geschenkt hat.

Meine Kollegin hatte die Idee und ich musste ihr dann offenbaren, dass ich keine Ahnung habe, was das sein soll.

Als sie es mir dann erklärte und ein paar Beispiele zeigte, war ich Feuer und Flamme und wollte unbedingt einen Mr. Heavysaurus-Tonie haben.

Heavysaurus sind eine Metalband für Kinder. Die Musiker stecken in großen Dinosaurierkostümen und was gibt es cooleres, als Dinosaurier? Richtig, Dinosaurier, die Heavy Metal für Kinder spielen!

»Der Weihnachtsmann hat eine Tonie-Box gebracht«, erzählt mir Daniel stolz und zeigt mir daraufhin das rote Quadrat mit den beiden Ohren.

»Und was können wir damit jetzt machen?«, stelle ich mich dumm, weil ich es immer am schönsten finde, wenn Kinder mir Dinge erklären. Natürlich kann man so auch immer die sprachliche Entwicklung fördern.

»Wir können einen Tonie daraufstellen und uns dann eine Geschichte oder Musik anhören!«, ruft Helga.

»Dann zeigt mir das doch gleich mal!«, sage ich ganz euphorisch.

Die Kinder holen eine rote Box mit Reißverschluss und öffnen diese so andächtig, als befände sich darin eine heilige Reliquie.

Was auch irgendwie stimmt.

Fein säuberlich sind darin drei Tonies aufgereiht, die der Weihnachtsmann zur Tonie-Box dazu mitgebracht hat.

Neben Leo Lausemaus und dem Grüffelo ist da ein Mr. Heavysaurus- Tonie.

»Wow!«, sage ich wirklich glücklich.

»Dann können wir jetzt etwas Musik hören, während wir weiter mit den Geschenken spielen!«

»Jaaa!«, stimmen alle Kinder mit ein.

Wir stellen die Tonie-Box auf einen kleinen Tisch und lassen die Musik laufen. Der Weihnachtsmann hat auch noch ein neues Magic Board gebracht. Eine Art Magnettafel, auf der die Kinder zeichnen können, da das alte vor einiger Zeit kaputt gegangen ist.

Das Weihnachtsfest in unserer Kita war ein voller Erfolg.

Auch, wenn der Weihnachtsmann zwischendurch seine Hose verloren hatte.

Weihnachtsgedicht

Es ist die Zeit der Geschenke
Und der Weihnachtslieder
Eine Salbe für die Gelenke
Die Sternensänger singen wieder

An jeder Tür hängt ein Zweig
Auf den Tischen liegen Plätzchen
Mama knetet den Teig
Am Kamin ruhen Hund und Kätzchen

In den Strümpfen kullern Apfelsinen
Liebe strömt durchs ganze Haus
Helle Lichter in den Gardinen
Sperren allen Kummer aus

Alle vier sitzen am Baum
Mama, Papa, Kind und Hund
Man glaubt es kaum
Doch ihre Augen leuchten bunt

Der Hausmeister

Selten hat ein lebendes, menschliches Wesen so viel Interesse und Faszination in einem Kind hervorgerufen, wie der Hausmeister im Kindergarten.

Der Inbegriff eines Mannes, der für alles immer eine Lösung parat hat. Die Person, die jedes noch so kleine Problem mit schwerem Gerät zu lösen weiß. Stets in schmutzige Arbeitskleidung gehüllt, bestehend aus festen Schuhen, natürlich mit Stahlkappen, gekleidet in eine Latzhose, in deren Gesäßtasche prunkvoll ein Zollstock signalisiert, dass der Hausmeister zu jeder Zeit einfach Maß nimmt, um des Problems Kern zu ermessen. Dazu ein löchriges T-Shirt in erdigen Farben, im Winter einen fransigen, blauen Pullover (niemand würde fragen, ob der Pullover kaputt ist, anders als bei meiner Hose), für die Arbeiten im Außenbereich der Kita (niemals in Jacke!) und dazu, wenn schweres Gerät erforderlich ist, seine *Bauarbeiterhandschuhe*, wie die Kinder immer sagen. Einen leichten Kaffeeatem und natürlich Geheimratsecken runden sein Äußeres perfekt ab.

Dieses kantige, kernige und selbstbewusste Auftreten beschert einem Hausmeister immer die unverhohlene Bewunderung aller Kinder der Einrichtung. Dieser unbeschreibliche Jubel der Kinder, wenn der Hausmeister am Morgen den Gruppenraum betritt, nur um alle zu begrüßen. Wenn er die neue Steckerleiste für das Radio bringt, damit die Kinder vor dem Mittagsschlaf nicht zum hundertsten Male meine Stimme hören müssen, sondern auch mal hören dürfen, wie Leo Lausemaus' Mama eine neue Arbeitsstelle erhält.

Die magische Faszination, wenn zum *Weißen Fest* der große Pappschneemann auf dem Außengelände verbrannt wird und der Hausmeister nicht nur Meister des Hauses, sondern sich auch als Meister des Feuers entpuppt. Diese grenzenlose Bewunderung, wenn er den Schneemann vor leuchtenden Kinderaugen verbrennt, nur um wenige Minuten nach Abbrennen des Pappkameraden den noch qualmenden Feuerkorb hinfort zu tragen, seine Hände in die magischen Handschuhe gehüllt, die seit jeher aus der Brusttasche seiner Latzhose schauen.

Doch ist der Hausmeister nicht nur bei den Festen und Feiern in der Kita gefragt, sondern auch im Alltag.

Wenn er einen morschen Baumstumpf entfernt, kann man sich sicher sein, dass er von zahlreichen Kindern, Jungen und Mädchen, umringt und beobachtet wird.

Viele Fragen prasseln auf ihn ein und auf jede antwortet er mit einer Seelenruhe und einer Gelassenheit, die nur Männer seines Standes aufbringen können. So scheut er auch nicht davor zurück, die Kinder selbst mal das Gerät ausprobieren zulassen. Unter den wachsamen Augen des

Hausmeisters, dem keine Kleinigkeit, die zu einem Unfall oder einer Verletzung führen könnte, verborgen bleibt, können die Kinder so neue Eindrücke sammeln und selbst zum *Homo Faber*, dem *Schaffenden Menschen*, werden.

Auch bei den weiblichen Kolleginnen hält der Hausmeister eine ganze besondere Rolle inne.

Bei jeder noch so kleinen Problematik, bei einer losen Schraube (an der Wand, nicht bei der Kollegin), bei einer kaputten Heizung, einer defekten Lampe, einer verstopften Toilette oder einer nicht mehr funktionierenden Kaffeemaschine wird nach dem Helden in Latzhose gerufen.

Dieser schreitet durch den Flur zur um Hilfe schreienden Kollegin wie ein Ritter in Rüstung, seinen Zollstock schon wie ein Schwert umklammert, ein triumphierendes Lächeln im Gesicht, denn dies ist sein Moment und er weiß, er hat die Lösung.

»Ich würde gern einen Ast an der Zimmerdecke befestigen, um dort Schneeflocken herunterhängen zu lassen. Meinst du, das haut hin?«

»Na klar, kein Problem, das mach ich dir gern.«

»Würdest du mir eine neue Glühlampe in die Deckenleuchte im Gruppenraum eindrehen?«

»Na klar, kein Problem, das mach ich dir gern.«

»Die Garderobe ist etwas locker. Würdest du sie wieder fester an die Wand schrauben?«

»Na klar, kein Problem, das mach ich dir gern.«

Tagein, tagaus rettet der Hausmeister einer Kita so die lieben Kolleginnen vor argen Problemen und Gefahren. Doch nicht nur die Kolleginnen benötigen die schaffenden Kräfte des Hausmeisters.

Auch die Kinder sind betroffen.

»Das Rad an meinem Dreirad ist locker!«

»Zeig mal her, ich mach das heile.«

»Mein Reißverschluss klemmt!«

»Zeig mal her, ich mach das heile.«

»Ich bin aus Versehen gegen den Holzstapel gelaufen und das ganze Holz ist umgefallen und weggerollt!«

»Zeig mal her, ich mach das heile.«

Mir persönlich, und wahrscheinlich auch allen anderen männlichen Erziehern auf dieser Welt, ergeht es meistens etwas anders und sie haben ein unangenehmes Gefühl in der Magengegend, wenn sie den Hausmeister um etwas bitten. Denn mit jeder Geste, mit seiner Mimik, die ein gönnerhaftes Lächeln zeigt, gibt er mir immer wieder Folgendes zu verstehen:

Wozu brauchst du mich? Du bist doch ein Mann! Das solltest du doch ohne Probleme selbst hinbekommen.

Doch würde er mir das niemals ins Gesicht sagen, sondern auch mir, in seiner stoischen Manier, helfen.

So ist der Hausmeister der wortkarge Held der Einrichtung, der für alle Probleme eine Lösung hat und stets zur Stelle ist, wenn man ihn braucht.

Nicht alle Helden tragen Cape. Manche tragen Latzhose.

Brief

Ich schreibe dir diesen Brief
Weil ich nicht weiß
Ob es dich jemals geben wird
Wärmst du dann mein Herz aus Eis

Ich wünsche es mir sehr
Dass ich dich eines Tages im Arm halten kann
Dass ich deine ersten Schritte sehe
Neben meiner Frau, als ihr Mann

Ich warte darauf, dass du mich Papa nennst
Wir gemeinsam fallen und aufstehen
Dass wir fliegen und schwimmen
Und mich alle in deinem Gesicht sehen

Schuhe anziehen

Die Weihnachtszeit ist für Kinder immer etwas ganz Besonderes.

Da sind die Kinder meiner Gruppe natürlich keine Ausnahme. Alle freuen sich auf den Weihnachtsmann, auf den Schnee, die Schneemänner und manche auch über Schneeballschlachten.

Der Weihnachtsmann war in diesem Winter schon gekommen und hat allerlei Geschenke gebracht. Dabei hat er zwar seine Hose verloren, doch ist das ja glücklicherweise, außer meinen Kolleginnen, niemandem aufgefallen.

Ich verbinde den Winter und die Weihnachtszeit seit meiner Kindheit hauptsächlich mit einem Satz, den mein Vater zu mir sagte.

Ich war vielleicht vier oder fünf Jahre alt, da nahm er seinen Sohn liebevoll in die Arme, beugte sich auf Augenhöhe herunter und sah mir in die Augen. Mit seiner warmen und vertrauten Stimme sagte er: »Mein Sohn, bitte vergiss eines in deinem Leben nicht und wenn die Verlockung noch so groß sein könnte: Iss niemals gelben Schnee.«

Egal, was man in der Erzieherausbildung über Augenhöhe im Gespräch mit einem Kind lernt, einer Sache bin ich mir komplett sicher: Ich habe nicht in der Ausbildung gelernt, Kindern auf Augenhöhe zu begegnen, sondern von meinem Vater, als ich selbst Kind war.

Ich sah ihn durch große Kinderaugen an und begann zu lachen und mein Vater stimmte mit ein.

»Die einzige Ausnahme ist natürlich, wenn das gelbe Fanta ist. Aber ich kann dir versprechen, mein Sohn, es ist nie Fanta.«

Ich habe an diesem verschneiten Nachmittag des 24. Dezembers vor vielen Jahren eine Sache gelernt, die jedes Kind wahrscheinlich früher oder später von seinem Vater, Onkel oder Großvater lernt.

Es war übrigens die einzige weiße Weihnacht, die ich in meinem Leben erleben durfte. Das Schlittenfahren an Heiligabend ist eine meiner ersten Erinnerungen und eine meiner schönsten überhaupt.

Genau an diesen Tag denke ich, als ich vor Finn knie und versuche, ihm in seine Winterstiefel zu helfen.

Es hatte geschneit und die Kinder sind wild darauf, draußen in ihren Schneehosen (Matschhosen, aber im Winter natürlich Schneehosen, ist doch klar, oder?) durch den hoffentlich eine Weile liegenbleibenden Schnee zu tollen.

Finn in die Schuhe hineinzubekommen erweist sich als wahre Herausforderung. Finn ist noch nicht lange in unserer Gruppe und gerade drei Jahre alt geworden. Mit seinem blonden Haar und seinen blauen Augen sieht er aus wie ein kleiner Engel. Ich kenne aus seinem Portfolio ein paar ältere Bilder von ihm, als er gerade neu in die Krippengruppe von Rowena und Doris kam, da sah er eher aus wie das *Boss Baby*.

Die restlichen Kleidungsstücke kann er schon gut alleine anziehen, doch seine neuen Stiefel stellen ihn vor arge Probleme. Wir drücken, schieben und zerren wie verrückt und als meine Finger rot und taub sind, haben wir es endlich geschafft.

Ich schaue an Finns Schneehose hinunter auf seine Stiefel, um unser Werk zu begutachten. Doch etwas ist falsch.

Wie so häufig sind meine Kinder schneller als ich.

»Die Schuhe sind falsch rum!«, sagt Finn und gluckst in sich hinein.

»Tatsächlich«, sag ich erschöpft und betrachte Finns Zickenfüße.

Das kann doch nicht wahr sein!, denke ich und bin von mir selbst genervt. *Das müsste ich doch besser hinbekommen, aber das wird mir garantiert trotzdem noch häufiger passieren.*

»Das müssen wir wohl nochmal machen«, sage ich und atme lang und tief aus.

Die Schuhe wieder auszuziehen ist nicht minder schwierig, als sie falsch herum anzuziehen, aber auch diese Hürde meistern wir beiden Männer nach einem anstrengenden Kampf.

Nun beginne ich, die Schuhe richtig herum an Finns Füßen anzubringen, doch ist es genauso schwierig, wie vorher.

»Man, die Schuhe bekommt man echt kaum an deine Füße«, sage ich, als der rechte Schuh am passenden Fuß sitzt.

Ich wische mir etwas Schweiß von der Stirn.

»Sind dir die Schuhe vielleicht zu klein?«, frage ich Finn.

»Das sind gar nicht meine Stiefel«, gluckst Finn daraufhin.

Ich kratze mich am Bart.

»Wenn es nicht deine sind, dann müssen wir deine mal suchen«, sage ich und beuge mich unter die Sitzbank, um zu schauen, ob dort noch andere Stiefel stehen.

Allerdings sind Finn und ich die letzten in der Garderobe, da die anderen Kinder mit meiner Kollegin schon rausgegangen sind.

Ich schiebe ein paar Hausschuhe hin und her und frage mich, ob vielleicht ein anderes Kind die Schuhe von Finn angezogen haben könnte, da sich unter der Bank keine weiteren Stiefel befinden.

»Komisch. Ich kann keine anderen Stiefel finden. Vielleicht hat ein anderes Kind deine Stiefel angezogen. Weißt du denn, wessen Stiefel diese hier sind?«, frage ich Finn und kratze mich fragend am Hinterkopf.

»Das sind die Stiefel von meinem Bruder«, sagt Finn und schaut dabei auf den rechten Schuh, in dem immer noch sein Fuß steckt.

Ich schaue Finn verwundert an.

»Mama hat heute Morgen gesagt, ich soll sie anziehen, weil ich noch keine Neuen habe«, ergänzt er daraufhin.

Es ist nicht unüblich, dass die Kleidung an die nächste Generation weitergegeben wird, sofern sie noch in

Ordnung sind. Gerade bei Schuhen und Stiefeln erlebt man das im Kindergarten häufig.

»Ach, das ist doch gar nicht so schlimm. Mama kauft bestimmt neue mit dir. Die von deinem Bruder sind doch auch schön«, sage ich fröhlich.

In Gedanken notiere ich mir, heute Nachmittag Finns Mama auf die etwas zu *engen* Schuhe ihres Sohnes anzusprechen. Hinter solchen Momenten steht selten böse Absicht und die Eltern freuen sich, wenn ihre Kinder von aufmerksamen, pädagogischen Fachkräften betreut werden. Ich habe Finns Mama bisher als sehr freundliche und fürsorgliche Mutter erlebt.

»Nur merkwürdig, dass sie so eng sind«, sage ich und versuche wieder, Finn den Schuh anzuziehen.

Ich kenne seinen Bruder. Er ist zwei Jahre älter und in einer der anderen Gruppen der Kita. Seine Füße müssten eigentlich deutlich größer sein, als die von Finn und trotzdem scheinen die Schuhe zu eng zu sein.

Nun geht die ganze Schinderei von neuem los.

Finn und ich kämpfen weiter mit dem widerspenstigen rechten Schuh und mit mittlerweile deutlich geröteten Fingern schaffen wir es, auch den linken Schuh an seinen rechtmäßigen Platz zu bringen.

Finn jubelt kurz und reißt die Arme hoch.

Ich plumpse derweil rückwärts gegen die gegenüberliegende Wand und atme tief aus.

Da kommt Magdalena um die Ecke und stutzt etwas. Sie zieht eine Augenbraue hoch und mustert uns beide.

»Na, wollen sich die beiden Herren denn auch mal nach draußen begeben?«, fragt sie lächelnd.

»Wir haben die Stiefel nicht an meine Füße bekommen. Aber jetzt sind wir fertig!«, ruft Finn grinsend. Er steht von der Bank auf und will in Richtung Tür laufen.

»Halt Finn, wo sind denn deine Mütze und dein Schal?«, fragt meine Kollegin.

»Oh, ganz vergessen«, sagt Finn und nimmt Mütze und Schal von der Garderobe.

Ich sitze währenddessen immer noch an die Wand gelehnt da und lecke mir die Wunden, indem ich versuche, kühlen Wind auf meine lädierten Finger zu pusten.

Während Magdalena Finn den Schal umwickelt und ihn in die Jacke stopft und Finn sich seine Mütze aufsetzt, sieht sie mich fragend an.

»War es wirklich so schlimm?«, fragt sie mich mit leicht sarkastischem Unterton.

»Schlimmer. Ich spüre meine Finger nicht mehr. Seine Stiefel sind ganz schön eng. Vor allem, wenn man bedenkt, dass sie eigentlich seinem großen Bruder gehören und der ist zwei Jahre älter«, sage ich und reibe dabei weiter meine Hände aneinander, wie ein Chirurg kurz vor einem wichtigen Eingriff.

Vielleicht hilft ein wenig warmes Wasser?, frage ich mich in Gedanken.

»Mir fehlt jegliches Gefühl in den Händen«, ergänze ich etwas weinerlich und stehe langsam auf.

»Apropos Hände: Finn, mein Lieber, wo sind denn deine Handschuhe? Draußen ist es verdammt kalt und du willst doch bestimmt mit dem Schnee spielen. Da brauchen wir Handschuhe, sonst werden die Hände ganz kalt«, sagt meine Kollegin an Finn gewandt.

Finn schaut zu seinem kleinen Fach über der Garderobe, dann unter die Bank. Sein Blick gleitet herüber zu mir und auf meine roten Finger, dann zu Magdalena, die vor ihm kniet und zum Schluss runter auf die Stiefel seines Bruders.

Plötzlich sehe ich Erkenntnis in seinem Blick und er fasst sich, offenbar etwas peinlich berührt und beschämt, an die Stirn.

»Meine Handschuhe habe ich heute früh in meine Stiefel gesteckt«, sagt Finn mit einem breiten Lächeln im Gesicht.

Meine Kollegin fängt laut an zu lachen, während ich wieder die Wand hinabrutsche und meine lädierten Hände auf mein Gesicht presse.

Schwur

Wenn du lachst ist alles gut
Ich liebe dich seit du geboren
Dich auf ewig zu beschützen
Hab ich vorher schon geschworen

Der Groll der Kollegin

Wir befinden uns draußen im Außengelände unserer Kita und die Kinder genießen die Freiheit, nutzen die Dreiräder, klettern auf den Geräten herum und spielen Fangen.

Währenddessen frieren meine Kolleginnen in der eisigen Januarluft um mich herum.

Ich bin gern mit den Kindern draußen. Sie können toben, sich ausleben, ohne die Grenzen des Gruppenraumes und sich dann mal ungestört ganz ihren Spielen widmen.

Natürlich ist das auch die Erkältungszeit und jede pädagogische Fachkraft weiß, dass die Nase von O bis O läuft. Von Oktober bis Ostern ist man erkältet, hustet oder kämpft mit einer Schnupfnase. Mir geht es da nicht anders, aber solange ich kein Fieber habe und die Nase frei bleibt, kann ich in der Regel arbeiten und schlafen. Damit sie nicht verstopft ist, benutze ich Kindernasenspray, es soll ja nicht so sehr brennen. Allerdings denke ich ja auch ziemlich oft, dass ich der lustigste Mensch auf der Welt bin und bin neulich mit etwas anderem aus der Apotheke herausgekommen, als ich wollte.

Ich sagte der Verkäuferin, dass ich gern ein Nasenspray für Kinder hätte. Sie fragte mich daraufhin, wie alt das Kind denn sei und weil ich mich für lustig hielt, habe ich gesagt: 25. Allerdings meinte ich damit *Jahre*, da *ich* ja das Kind war, welches das Spray benutzen wollte. Sie antwortete: »Ah, also noch ganz klein«, scannte eine winzige, blaue Packung, ich bezahlte und verließ den Laden. Scheinbar hat sie bei der Nennung des Alters nicht an Jahre, sondern wohl an Wochen gedacht und mir ein Nasenspray, oder eher Tropfen, für Säuglinge mitgegeben. Allerdings war es mir zu peinlich, als dass ich wieder reingegangen wäre, um den Irrtum aufzuklären. Ich musste mir aber mal wieder eingestehen, dass ich doch nicht so lustig bin, wie ich immer denke, aber das würde ich niemals jemand anderem gegenüber zugeben.

»Das hast du mit deiner Mama wirklich toll gemacht!«, sagt Magdalena zu Claudia und reißt mich damit aus meinen Erinnerungen an meinen letzten Apothekenbesuch.

Claudia hatte kurz zuvor stolz ihre geflochtenen Zöpfe präsentiert. Seit sie uns ihre Frisur das erste Mal vorgeführt hat, hat sie keine Gelegenheit ausgelassen, sie uns wieder zu zeigen, wenn ihre Mama mit ihr gemeinsam die Haare zurechtgemacht hatte.

Schön und gut, solange ich nicht auch wieder frisiert werde, denke ich und kann das Ziepen auf meiner Kopfhaut und in meiner unteren Gesichtshälfte förmlich spüren.

»Meinst du, deine Mama möchte uns das hier mal im Kindergarten zeigen?«, fragt meine Kollegin euphorisch.

»Bestimmt!«, sagt Claudia. »Mama kann meine Haare auch noch anders flechten und schick machen. Vielleicht macht sie ja auch mal deine Haare, Magda, damit die nicht immer nur runterhängen!«

Ich atme die kühle Luft aus meinem offenen Mund aus und sehe, wie sich eine große weiße Wolke bildet. Das tue ich, damit ich nicht laut anfange zu lachen. Ich vermeide jeglichen Augenkontakt mit meiner Kollegin, da ich ansonsten nicht mehr an mich halten könnte.

»Danke, das ist lieb«, sagt Magdalena daraufhin etwas zerknirscht.

Claudia schwingt sich auf den sich ihr am nächsten befindlichen Roller, nimmt Anlauf und düst um eine Hecke herum.

»Ich bin stolz auf dich. Du hast immerhin nicht laut losgelacht«, sagt meine Kollegin wenige Augenblicke später.

»Ich bin in diesem Falle ebenfalls stolz auf mich. Es hat mich auch einiges an Überwindung gekostet. Meine jahrelangen Meditationsübungen machen sich langsam bezahlt!«, sage ich in dem ernsthaftesten Tonfall, der mir im Moment möglich ist.

»Was denn für Meditationsübungen?«, fragt sie ehrlich interessiert. Sie hat schon immer ein Faible für Esoterik und dergleichen gehabt.

»Na, die Übungen halt, die ich eben manchmal so mache. So mittags. Mit den Kindern habe ich die hier auch schon mal durchgeführt«, stammle ich, ohne sie anzusehen. Dabei merke ich, wie mir die Röte ins Gesicht steigt. Ich vergrabe meine gerötete Visage etwas tiefer in meinem Schal.

»Du meinst, als du das eine Mal während des Mittagsschlafes auch eingepennt bist?«, fragt sie ein wenig erheitert.

»Hey, das war wirklich nur ein Mal. Und du warst ja da, um aufzupassen und mich zu wecken. Offenbar haben meine Übungen besser funktioniert, als ich es hätte erwarten können«, versuche ich, mehr schlecht als recht, mich zu verteidigen.

Es war mir tatsächlich mal passiert. Vor ein paar Wochen bin ich beim Mittagsschlaf mit eingedöst. Aber das geschieht selbst den Besten. Rede ich mir zumindest seither ein, sobald das Thema mal wieder während einer Teamsitzung zur Sprache kommt.

»Stimmt, es war ein Mal, das wir dich nie wieder vergessen lassen. Außerdem muss man dir zugutehalten, dass die Episode von Leo Lausemaus an dem Tag die war, in der Leo nicht schlafen gehen will«, sagt sie.

Eine wirklich gute Folge, denke ich.

»Ich wollte eben als gutes Vorbild vorangehen und den Kindern zeigen, wie es geht. Lernen am Modell sozusagen«, versuche ich zu retten, was nicht mehr zu retten ist.

»Aber jetzt mal zurück zum Thema: Findest du, dass meine Haare runterhängen?«, fragt meine Kollegin und fasst sich dabei in ihr Haar.

In meinem Kopf dröhnt die Stimme von Admiral Ackbar aus *Die Rückkehr der Jediritter*:

Das ist eine Falle!

Wenn man in einem Beruf arbeitet, in dem vorrangig Frauen arbeiten, sollte man seine eigenen Worte mit

Bedacht wählen und nicht immer losposaunen, was einem gerade durch den Kopf geht.

»Na ja, nein, natürlich nicht. Deine Haare sehen fabelhaft aus!«, erwidere ich eloquent.

»Pff. Männer«, lautet die ebenso eloquente Antwort meiner Kollegin.

Ich hege langsam die Hoffnung, nochmal glimpflich davongekommen zu sein.

»Aber eigentlich ist das gar nicht so wichtig. Wo wir doch gerade beim Thema *Hängen* sind«, ergänzt sie.

Oh weh, oh nein, bitte nicht, ich will hier weg.

»Weißt du, was mich Mila neulich gefragt hat? Ich lag mit ihr zusammen auf einer Matte in der Kuschelecke. Einige Kinder saßen um uns herum und ich habe ihnen vorgelesen. Da schaut mich Mila mit großen Augen plötzlich ganz intensiv an und fragt mich, ob ich denn auch einen Busen habe. Ich habe etwas verwundert reagiert und gesagt, dass ich natürlich einen habe, so wie jede Frau. Dann hat sie skeptisch meine Brüste betrachtet und gefragt, ob ich meinen Busen morgen mitbringen könnte, weil es dann bequemer beim Kuscheln ist«, beendet sie leicht erhitzt ihre Erzählung.

DAS IST EINE FALLE!, dröhnt es wieder in meinem Kopf.

Es gibt meiner Meinung nach drei Sorten von Kollegen, wenn man das Ganze im kleineren Rahmen betrachten möchte. Die einen Kollegen stellen die Fettnäpfchen auf, die anderen treten mit voller Wucht hinein und die kleine, dritte Gruppe kann manchmal sogar beides. Ich gehöre in dieser minimalistischen Einteilung wohl zur zweiten Kategorie.

»Das ist eine sehr interessante Aussage. Ich persönlich finde es ja auch mit Busen bequemer«, sage ich.

RUMMS.

Man sollte in meiner kleingeistigen Einteilung ergänzen, dass man auch mit einem Back Flip, halber Schraube und anschließender Arschbombe mit Vollspeed und Karacho in einem Fettozean landen kann. Dem Gesichtsausdruck meiner Kollegin nach ist mir nämlich genau das gelungen.

Sie schaut mich mit hochrotem Gesicht an. Ich beginne eine Entschuldigung zu stammeln, aber sie winkt energisch ab.

»Schon gut, mein Lieber. Ich weiß, dass das Thema für einen Mann eher unangenehm ist. Vergessen wir das«, sagt sie mit dem Anflug eines Lächelns auf den Lippen.

Selten habe ich solche Erleichterung gespürt wie in diesem Moment. Ich mag meine Kollegin wirklich sehr und ihr Groll ist das Letzte, das ich auf mich ziehen möchte.

Ich mache mir in meiner gedanklichen Einkaufsliste zwei neue Notizen:

Gummibärchen und eine Flasche Wein für die geschätzte Kollegin, ergänze ich zwei wichtige Punkte.

Feuerwerk

Als Pädagoge hat man es oft schwer
Doch komm ich immer gern hierher
Jeden Tag gibt es ein Feuerwerk
Und darauf liegt mein Augenmerk

Ich will aber!

»Aber das geht so nicht.«

»Ich will aber!«

»Das heißt *ich möchte* und nicht *ich will.*«

»Mir egal, wie das heißt!«

»Trotzdem musst du dich auch mal gedulden.«

»Ich *muss* gar nichts!«

»Sei nicht so bockig und warte einfach, bis du dran bist.«

»Ich will es aber jetzt ausprobieren!«

»Warte kurz, dann bist du dran.«

»Alle anderen waren schon dran!«

»Du bist doch auch gleich dran.«

»Ich will aber *jetzt*!«

»Gleich bist du dran und wenn du dann dran bist, ist es umso schöner.«

»Wieso muss ich immer der Letzte sein?«

»Weil auch du lernen musst, zu warten.«

»Ich kann mich doch ganz kurz nach vorne schummeln. Das bekommt gar keiner mit.«

»Doch. Ich bekomme es mit und außerdem ist Geduld ganz wichtig.«

»Das dauert jetzt schon ewig!«

»Ewig fühlt es sich nur an, wenn man die ganze Zeit angequengelt wird.«

»Ich quengele doch gar nicht!«

»Doch, das tust du.«

»Gar nicht!«

»Doch.«

»Immer musst du Recht haben!«

»Nicht immer, aber dieses Mal habe ich Recht.«

»Ich will aber jetzt!«

»Noah, warte doch einfach, bis die Kinder fertig sind und du dran bist. Dann darfst du auch mal mit dem neuen Magic Board spielen«, sagt Magdalena geduldig.

Laub

Im Alter ist so manches anders
Früher warf ich mich ins Laub
Mama fand das nicht so toll
Kroch grinsend durch Dreck und Staub

Früher war ich unbeschwert
Heute schau ich ganz genau
Und frage mich kurz vor dem Sprung
Schlag ich mir auch nicht den Buckel blau

Spielzeugdino

Die Kinder und ich haben gerade das Frühstück beendet.

Eifrig räumen alle nacheinander das Geschirr auf den Wagen und gehen danach ins Badezimmer. Dort geht's zum Pullern, Händewaschen, Zähneputzen (bitte in dieser Reihenfolge und nicht umgekehrt) und anschließend dürfen die Kinder mit ihren mitgebrachten Spielzeugen spielen.

Jeden Freitag ist in unserer Kita »Wunschtag«. Die Kinder dürfen entscheiden, ob sie Angebote mit den pädagogischen Fachkräften durchführen, zur Rutsche am anderen Ende des Gebäudes gehen oder mit den Spielsachen spielen möchten, welche sie freitags mitbringen dürfen. Natürlich müssen sie auf ihre Mitbringsel selbst gut aufpassen und die Verantwortung dafür übernehmen.

Die Kinder haben sich das einstimmig gewünscht. An den anderen Tagen in der Woche verzichten wir darauf, dass Kinder ihre Spielsachen mit in die Kita nehmen, da es sonst schnell unübersichtlich wird und manchmal Sachen verlorengehen können. Soweit ich weiß gibt es den

»Wunschtag«, wie er bei uns heißt, oder auch »Spielzeugtag«, in fast allen Einrichtungen. Sicherlich gibt es Ausnahmen, bei denen das anders gehandhabt wird.

Für die Kinder in unserer Gruppe ist es immer etwas Besonderes, wenn sie ihre Schätze von zu Hause mitbringen dürfen. Voller Stolz stellen die Kinder jeden Freitag die mitgebrachten Gegenstände im Morgenkreis vor. Dafür plane ich extra immer ein bisschen mehr Zeit ein.

»Okay, meine Lieben, dann wollen wir mal hören und sehen, was ihr heute so für Spielsachen mitgebracht habt!«, beginne ich den mit größter Aufregung erwarteten Teil des Tages, in dem das Vorführen der Spielsachen freudiger herbeigesehnt wird, als der Moment, in dem es heißt, dass die Gruppe zum Spielplatz geht. Und das will was heißen.

»Wir gehen im Kreis herum, jeder hört zu und derjenige der dran ist, darf uns alles zu seinem Gegenstand erzählen, was er möchte«, sage ich und deute auf Theo, der links neben mir sitzt, um ihm zu signalisieren, dass er beginnen kann.

Sichtlich freudig erregt steht der Junge auf und präsentiert uns einen gelben Helm, den er sich mit einem Lächeln auf den Kopf setzt.

»Das ist mein *Feuerwehrmann Sam*-Helm! Wenn ich den aufsetze, bin ich ein richtiger Feuerwehrmann! Dann lösche ich Feuer und rette Leute!«, ruft er mit einem breiten Grinsen im Gesicht und voller Stolz nach oben gerecktem Kinn.

Er nimmt seine Hände vor den Körper, in denen er einen imaginären Wasserschlauch hält, lehnt sich leicht zurück, kneift ein Auge angestrengt zu, als würde er Maß nehmen und lässt seine Zungenspitze aus dem linken Mundwinkel blitzen.

Mit großen Augen wird sein »*WUUUUUSCH*« von der Gruppe aufgenommen und im Chor erwidert. Dann quittieren die Kinder Theos Auftritt mit einem donnernden Applaus.

Sehr zufrieden mit seiner Vorstellung lässt sich Theo wieder auf den Hintern plumpsen. Er dreht seinen Kopf zu mir und sieht mich erwartungsfroh an, da ich noch keine Rückmeldung gegeben habe. Zu sehr war ich von seiner Art und Weise, wie er den Feuerwehrmann gemimt hat, überwältigt.

Ich lächle ihn an und halte ihm meine geschlossene Faust entgegen.

Er schlägt mit seiner kleinen Faust dagegen, ich sage brummend »Kartoffel« und als sich unsere Fäuste trennen, spreizen wir die Finger. Dabei sagt Theo laut lachend »Pommes!«.

Als Nächstes ist Helga an der Reihe. Sie steht zögernd auf und hält eine *Elsa*-Puppe in ihren kleinen Händen.

Anna und Elsa sind mir mittlerweile ein Begriff. Gerade bei den Mädchen sind die Figuren sehr beliebt, aber auch unsere Jungs können die Lieder mitträllern und sind davon begeistert.

»Das ist meine Elsa. Die habe ich zu Weihnachten bekommen. Sie ist ganz weich«, flüstert sie mehr, als dass sie spricht. Dabei tätschelt sie ihre Puppe.

Sie schaut mich fragend an.

Ich lächle sie an, nicke und sage: »Das ist eine sehr schöne Elsa-Puppe! Möchtest du damit mal im Kreis rumgehen und allen zeigen, wie weich sie ist?«

Helga grübelt kurz, kommt dann offenbar zu einem Entschluss und lächelt über das ganze Gesicht.

Sie nickt eifrig mit dem Kopf. Anschließend geht sie zu einem Kind nach dem anderen und jedes darf ihre Elsa berühren. Die meisten nicken wissend und bestätigen Helga, dass ihre Puppe sehr weich und flauschig ist.

»Ich habe auch eine Elsa-Puppe! Wollen wir damit nachher zusammen spielen?«, ruft Leonie, als Helga bei ihr ankommt.

Helgas Augen leuchten.

»Oh ja!«, ruft sie sichtlich erfreut.

Sie geht gerade an Daniel vorbei, als dieser langsam anfängt *Ich lass los* aus dem Film zu singen.

Die Kinder stimmen mit ein und auch ich fange an, mit ihnen zusammen das Lied zu singen.

Ein erwachsener Mann, der mit einer Schar Kindergartenkinder ein Prinzessinnenlied singt? Ja, das gibt es und das ist schön.

Es folgen noch einige Figuren, *Ninjago*, diverse Rennautos, *Transformers*, *Star Wars*-Spielzeuge, einige *Schleich*-Tierfiguren, darunter Kängurus, Wale, Pinguine, Wölfe und ein Dino.

Der Dino gehört zu Anton, der als Letzter im Kreis rechts neben mir sitzt und den krönenden Abschluss darstellt. Er steht langsam auf und hält dabei seine Hände hinter dem Rücken verborgen. Bisher habe scheinbar nur ich gesehen, welches Spielzeug er heute mitgebracht hat.

Ich glaube, er kostet den Moment und die Spannung der anderen in vollen Zügen aus. Kinder lieben es, wenn sie das Gefühl haben, dass sie *wichtig* sind. Ich bin der Meinung, dass Kinder, die Gehör finden und gehört werden, entspannter sind. Man kennt es ja selbst: Man steht seinem Arbeitgeber oder einem Familienmitglied wohlgesinnter gegenüber, wenn man nicht von oben herab, sondern auf Augenhöhe angesprochen wird.

Als Anton aufgestanden ist, lässt er seinen Blick über die wartende Menge gleiten. Er grinst kurz, als die Spannung auf ihrem Höhepunkt durch den Raum wabert und man versucht ist, sie mit bloßen Händen zu greifen.

Ich möchte am liebsten aufstehen und ein Messer holen, um die Spannung aus der Luft zu schneiden!, denke ich nun ebenfalls aufgeregt.

Dann präsentiert Anton uns, was er hinter seinem Rücken versteckt hat.

Er zieht seine Hände hervor und hält etwas in seinen kleinen Händen, das man noch nicht sehen kann. Der ganze Raum schweigt und schaut mit großen Augen auf Antons Hände.

»Hier in meinen Händen halte ich das gefährlichste Spielzeug, das es auf dieser Welt gibt!«, beginnt er seine Beschreibung.

Hat er das vorher zu Hause geübt? Wie lange hat er auf diesen Moment gewartet? Es scheint ihm wahrlich etwas zu bedeuten, denke ich, bin aber auch voll in seinem Bann gefangen.

»Es ist groß, es hat scharfe, spitze Zähne und ist superstark!«, spricht er weiter, ohne das Geheimnis in seinen Händen zu lüften.

Die Menge hält den Atem an. Die Manege ist im Bann des Schaustellers.

»Ratet, was es ist!«, fordert er dann die Gruppe auf.

Ich lächle, weil ich immerhin weiß, dass es ein Dinosaurier ist, während die anderen Kinder das noch nicht erspäht haben.

»Ein Tiger!«, ruft Daniel.

»Leider falsch!«, sagt Anton.

»Ein Bär!«, ruft Mila.

»Leider auch falsch«, sagt Anton, etwas bedrückt.

Er dachte wohl, dass es die anderen schneller herausfinden.

»Eine Giraffe!«, ruft Leonie.

»Aber eine Giraffe hat doch keine scharfen Zähne!«, ruft Daniel dazwischen.

»Oh …«, gibt Leonie nur zurück.

»Eine Giraffe ist es auch nicht«, sagt Anton noch ein wenig resignierter als zuvor.

Ich kratze mich am Bart.

»Wie wär's, wenn du das Geheimnis für uns lüftest?«, sage ich, da wir langsam zum Ende kommen sollten, damit die Kinder die Zeit zum Spielen mit ihren Mitbringsel nutzen können. Meine Kollegin dürfte auch gleich kommen.

Im nächsten Moment geht die Tür zum Gruppenraum auf und Magdalena kommt in den Raum. Ihre Jacke hat sie schon abgelegt. Sie trägt bequeme Sneaker (mittlerweile wieder weiß), eine lässige Jeans und dazu ein graues

T-Shirt, auf dem ein großer, grüner Tyrannosaurus Rex abgebildet ist.

»Ein Dinosaurier!«, rufen plötzlich einige Kinder im Chor und beginnen zu lachen.

Meine Kollegin erschrickt aufgrund des unerwarteten Ausrufes der Kinder.

Ich stimme in das Lachen der Kinder mit ein.

»Ja, es ist ein Dinosaurier!«, ruft Anton sichtlich erfreut darüber, dass sein Rätsel am Ende doch noch gelöst wurde.

Er öffnet seine kleinen Hände und präsentiert einen grauen Spielzeugdino.

»Na das nenne ich ja mal eine nette Begrüßung!«, ruft Magdalena in gespielt vorwurfsvollem Ton. »Ich wusste gar nicht, dass mein Name neuerdings *Dinosaurier* ist!«

»Anton hat uns ein Rätsel gestellt, welches Spielzeug er heute mit in die Kita gebracht hat«, beginne ich zu erklären. »Niemand ist auf die Lösung gekommen und dann hast du den Raum betreten und dein T-Shirt hat offenbar die Erleuchtung gebracht.«

»Mein T-Shirt? Oh, ach so, verstehe«, sagt sie erkennend, schmunzelt und schlägt sich mit der Hand auf die Stirn.

»Ich helfe immer gern. Wie wäre es jetzt mit etwas Zeit zum Spielen?«, fragt sie in die Runde.

»Aber wir müssen noch wissen, was das für ein Dinosaurier ist!«, ruft Daniel dazwischen.

Vor kurzem habe ich ein Dinobuch für unsere Gruppe gekauft, da viele Kinder reges Interesse an Dinosauriern haben, wir aber gar keine passende Lektüre hatten.

Seitdem das Buch in der Gruppe ist, schauen es sich die Kinder täglich an und ich musste schon häufig daraus vorlesen.

»Das ist eine gute Frage! Also Anton, was für ein Dino ist das? Ein Tyrannosaurus Rex? Ein Allosaurus?«, frage ich Anton.

Anton sieht mich an und schaut kurz darauf auf den Spielzeugdino, der sich auf seiner Handfläche befindet. Er wirkt etwas konsterniert und grübelnd. Daraufhin sagt er flüsternd:

»Das ... das ... das ...«, flüstert er leise in seine Hand. Dann schaut er kurz in die Runde, auf meine Kollegin, anschließend auf mich und wieder auf den Dinosaurier auf seiner Handfläche.

»Weißt du etwa nicht, wie dein Dino heißt?«, fragt Daniel empört, aber mitleidig.

»Das ... das ... das ... ist ... Daniela.«

Freue dich, Kind

Du bist ja ein großes Kind
Hörst du wie der Wind
Dir seine Lieder singt
Und dir Freude bringt

Ein Lächeln gibts dazu
Merkst du wie im Nu
Schöne Lieder klingen
Und dir Freude bringen

Ich bin ein Bauarbeiter!

Ich sitze mit zwei Kindern alleine im Gruppenraum. In Deutschland herrschen Kontaktsperre, Quarantäne und Ausnahmezustand wegen des kursierenden Corona-Virus.

In unserer Einrichtung gibt es eine Notbetreuung für die Kinder der Eltern, die in dieser Zeit unverzichtbar auf ihren Arbeitsplätzen sind. Polizisten, Ärzte, Krankenpfleger, Mitarbeiter im Einzelhandel, andere pädagogische Fachkräfte, die die Notbetreuung aufrechterhalten und einige weitere. Die wahren Helden dieser Zeit. Ich erspare mir die Diskussion, dass meiner Meinung nach *jeder* Mensch systemrelevant ist. Das ist so. Da gibt es nichts zu diskutieren.

Man spürt die allgemein düstere Stimmung überall. Die Straßen sind so leer wie die Supermarktregale. Ich wollte vor ein paar Wochen nach Leipzig fahren und die Buchmesse besuchen, allerdings wurde sie kurz vorher abgesagt. Das hat mich sehr traurig gemacht, jedoch bin ich mit einer Freundin zum Verlagsgebäude eines kleinen Verlages gefahren, wo ein Meet and Greet mit einem Schriftsteller, der extra aus England herübergeflogen ist. Es war ein toller Nachmittag, aber die Fahrt war bedrückend. Die Spritpreise waren im Keller, nirgends waren Menschen zu sehen und es fühlte sich an, wie in einem postapokalyptischen Roman, den ich mal gelesen habe. Der hieß *Nuklearer Winter* und der Titel war Programm.

Viele Leute haben Hamsterkäufe getätigt, vor allem Klopapier und Nudeln. Ich habe auch gehamstert. Allerdings nur Bücher. Das Wichtigste in einer Zeit, in der man nicht nach draußen gehen und keinen Kontakt zu anderen Menschen haben soll. Außerdem, zur Sicherheit, die eine oder andere Dose Hundefutter mehr, aber nicht zu exzessiv, denn ich weiß, dass es auch weitere Hundehalter gibt, die Futter für ihre Liebsten brauchen.

♥

Ein schrilles *klingelingeling* reißt mich aus meinen Gedanken. Der Ton ist ohrenbetäubend laut und erinnert mich kurz an den Wecker meines Smartphones, der mich jeden Morgen liebevoll aus dem Schlaf prügelt, ehe mein Hund auf mir landet. Das liegt daran, dass Leonie 3,4 Zentimeter von meinem Ohr entfernt ist und mir das schrille *klingelingeling* in den Gehörgang quiekt.

Meine Ohren klingeln.

Aua, denke ich, versuche aber, mir nichts anmerken zu lassen.

Ich verziehe schmerzverzerrt das Gesicht.

Ist mir wohl nicht gelungen, denke ich und drehe mich zu Leonie.

Sie schaut mich erwartungsfroh und über das gesamte Gesicht grinsend an. Sie hält mir einen Spielzeugtelefonhörer vor die Nase.

»Telefon für dich! Oma Samswegen ruft an!«, sagt Leonie und schiebt mir das Telefon noch näher an das Gesicht.

Wenn ich eines in den letzten Jahren der Ausbildung und in der Zeit als pädagogische Fachkraft gelernt habe, dann das:

Egal, wie alt du bist, wenn dir ein Kind ein Spielzeugtelefon vor die Nase hält, gehst du verdammt nochmal ran!

Ich nehme Leonie den Hörer aus der Hand und halte ihn an mein Ohr.

»Hallo, Oma Samswegen. Wie geht es dir? Bist du gesund?«, frage ich in den roten Plastikhörer.

Ich schweige und lausche in den Spielzeughörer.

Dann nicke ich einige Male, sage vereinzelt *Mh* und *Aha*, gefolgt von einem »Ach, du möchtest lieber mit Leonie sprechen? Ich gebe ihr das Telefon wieder. War schön von dir zu hören, Oma Samswegen. Lass es dir gut gehen und bleib gesund!«, beende ich das imaginäre Gespräch mit einer Frau, die ich nicht kenne, deren Namen ich nicht weiß (sie heißt natürlich nicht wirklich Samswegen, aber der Ort, in dem sie wohnt, heißt so) und reiche den Hörer an Leonie weiter.

Glucksend greift sie nach dem roten Plastik und legt kichernd auf.

»Nanu, möchtest du nicht mit Oma reden?«, frage ich schmunzelnd.

»Nein, sie ist ja noch dran. Leider darf ich Oma zurzeit nicht besuchen. Da muss ich mit ihr telefonieren«, gibt sie zurück und läuft mit dem Hörer am Ohr durch den Raum.

Ich kann sie sehr gut verstehen. Das Corona-Virus ist gerade für ältere und vorbelastete Menschen gefährlich. Kinder sind wohl widerstandsfähiger, aber ich bin kein Virologe und versuche nicht auf die 80 Millionen Bundestrainer, ich meine *Ärzte,* zu hören, die wir in Deutschland seit dem Ausbruch der Pandemie haben.

Trotzdem ist es schade für die ganzen Kinder, die aus Sicherheitsgründen in den nächsten Wochen ihre Großeltern nicht besuchen dürfen.

»Haaaaatschi!«, tönt es wie aufs Stichwort im nächsten Moment durch den Gruppenraum.

Ich drehe mich um, um den Verursacher des Niesers zu ermitteln. Die Rechnung ist simpel. Wir sind drei Menschen im Raum. Ich war es nicht, Leonie kann ich ein wasserdichtes Alibi geben.

Bleibt die letzte Person im Zimmer: Daniel.

»Gesundheit!«, sage ich an Daniel gewandt.

»Danke«, sagt er artig und setzt an, um sich mit dem Ärmel über die Nase zu wischen.

»Stopp!«, rufe ich im letzten Moment.

Daniel hält in seiner Bewegung inne, als wäre er versteinert worden.

»Bitte nimm ein Taschentuch und nicht deinen Ärmel.«

Daniel tut, wie ihm geheißen und holt sich ein Taschentuch aus der Taschentücherbox auf dem Tisch und putzt sich die Nase.

Ein Virus, welches die Menschheit vernichtet, müsste eigentlich aus einer Kita kommen. Eine Killervirenzuchtstation. Man möchte darüber lachen, wenn die Lage nicht so ernst wäre, denke ich mir, während ich Daniel dabei zusehe, wie er sein benutztes Taschentuch in den Mülleimer wirft.

Ich beobachte, wie er sich danach etwas unschlüssig neben Leonie setzt, die in Gedanken verloren auf das Telefon schaut.

Es ist wirklich ziemlich langweilig, denke ich, begebe mich zu den beiden und setze mich zu ihnen auf den Boden.

»Daniel und Leonie, was wollen wir machen? Habt ihr Lust, etwas zu spielen?«, frage ich die beiden.

Dem Situationsansatz folgend, nach dem wir in unserer Einrichtung arbeiten, möchte ich mit den Kindern zusammen erarbeiten, was wir unternehmen möchten. Ich muss sozusagen *gucken, was los ist* und anhand meiner Beobachtungen mit den Kindern entscheiden, was wir machen wollen.

»Wir könnten reparieren!«, ruft Leonie daraufhin euphorisch.

»Oh ja, reparieren!«, stimmt Daniel in den Ruf mit ein.

Wenn es um das Thema *Basteln* geht, bin ich absolut ungeschickt. Zwei linke Hände und alles Daumen. Aber ich repariere gerne Dinge und arbeite vorzugsweise mit Holz. Dabei kann ich mir immerhin nicht die Finger zusammenkleben.

Wobei …?

»Na gut, hier müssten eh mal wieder einige Schrauben nachgezogen werden«, sage ich und denke daran, dass mich meine Kollegin vor einer Weile darum gebeten hatte, Rollen unter das Laufgitter im Flur zu schrauben, damit der Boden nicht immer so zerkratzt wird, wenn das prähistorische Teil bewegt wird. Es wird nicht genutzt, steht nur im Weg herum, aber aus nostalgischen Gründen kann sie sich nicht von dem klobigen Kasten trennen, gegen den ich täglich mindestens einmal aua Versehen trete.

»Dafür brauchen wir allerdings Werkzeug und Materialien,« sage ich und schaue die Kinder fragend an. »Habt ihr eine Idee, woher wir beides bekommen?«

Sichtlich angestrengt überlegen die zwei, ziehen die Augenbrauen zusammen und blicken sich nach einer Lösung suchend im Gruppenraum um.

Plötzliche Erkenntnis erstrahlt in Leonies Gesicht.

»Natürlich hier!«, ruft sie, dreht sich um und läuft zu einer unserer Spielzeugkisten.

Darin kramt sie eine Weile rum, während Daniel und ich gebannt zuschauen.

Ich bezweifle ja, dass sie da einen Akkuschrauber findet, aber wer weiß? Es sollen ja schon die verrücktesten Dinge aus Spielzeugkisten aufgetaucht sein. Dasselbe gilt für die Handtaschen von Frauen, denke ich, als Leonie einen Plastikhammer aus der Kiste zieht.

»Damit können wir doch alles reparieren!«, ruft sie und beginnt hastig mit weit ausholenden Schlägen auf die Hochebene, eine kleine Rutsche im Gruppenraum, einzuprügeln.

Daniel ist davon so begeistert, dass er zunächst jubelnd danebensteht, bis Leonie ihn darauf hinweist, dass sie die ganze Arbeit ja nicht alleine bewältigen kann und er doch bitte sofort zur Spielzeugkiste gehen und sich mit einem adäquaten Werkzeug ausrüsten soll, um ihr schleunigst zu helfen.

Sie hat es nur ein wenig anders ausgedrückt.

»Hol dir doch auch ein Werkzeug, dann können wir zusammen reparieren!«, sagt sie und Daniel ist sofort unterwegs.

Ich beobachte das ganze Szenario aus sicherer Entfernung und frage mich gerade, wie die beiden die Helmpflicht auf ihrer kleinen Baustelle umsetzen wollen. Da kommt Daniel auch schon mit dem passenden Plastikwerkzeugkoffer, sowie *Bauahbeitorhelm*, wie der kleine, gelbe Plastikhelm liebevoll von den Kindern genannt wird.

Nach wenigen Minuten dreht sich Daniel zu mir und fragt mich, ob ich nicht auch mal mithelfen möchte.

»Wir beide können ja schließlich nicht die gesamte Arbeit erledigen. Du musst uns schon mal helfen!«, sagt er mit vorwurfsvollem Ton.

»Sehr gern, aber ich habe auch eine Idee!«, sage ich und sofort verstummen die Arbeitsgeräusche und ihre Blicke haften an meinen Lippen.

»Wie wäre es, wenn wir mal in den Raum des Hausmeisters schauen? Dort finden wir sicherlich echtes Werkzeug und das können wir hier bestimmt sehr gut gebrauchen!«, sage ich und lasse der Euphorie der Kinder freien Lauf.

»Oh ja!«, ruft Leonie.

Die Aussicht darauf, den wohlbekannten Gruppenraum zu verlassen und sich in weniger bekanntes Terrain vorzuwagen, ist für sie jedes Mal ein Highlight.

Daniel schaut mich nur skeptisch an. Er ist nicht so abenteuerlustig und mag seine gewohnte Umgebung. Er sieht kurz nach unten auf seine Füße und dann langsam in mein Gesicht.

Wir kennen uns ja schon eine Weile und Erzieher und Erzieherinnen verstehen ihre Kinder häufig auch ohne Worte. Das nennt man Bindung. Glaube ich.

Ich reiche ihm meine Hand und er nimmt sie schnell, als hätte er Angst, dass ich sie wieder wegziehen könnte.

Wir sind kaum drei Schritte in Richtung Tür unterwegs, als er mich unerwartet wieder loslässt, zurück zur Hochebene läuft und den dort liegenden Helm aufsetzt und zu uns zurückeilt. Er lächelt mich an und sein Gesichtsausdruck soll mir sagen: *Ich bin bereit, kann losgehen.*

Wir drei machen uns also auf den Weg in den Hausmeisterraum.

Dort angekommen sehen wir uns um und meine Augen sind mindestens genauso groß, wie die von Leonie und Daniel.

Wie erwähnt bastle ich nicht so gern, aber ausnahmsweise mal typisch Mann, habe ich eine absolute Schwäche für Werkzeuge und Arbeiten mit Holz.

Ich gehe zum großen, blauen Werkzeugschrank und hole den Akkuschrauber, ein Schrauber-Set voller Bits und einen Handschrauber heraus. Ich drehe mich zu den beiden um.

Mittlerweile hält Daniel Leonies Hand und ich frage, ob sie mir nicht beim Tragen helfen möchten. Als würde ich die Antwort auf diese Frage nicht kennen.

Sehr gern und mit viel Freude nehmen mir die beiden etwas ab.

Daniel darf das Schrauber-Set tragen und Leonie gebe ich den Handschrauber, ohne Aufsatz, in die Hand.

Den Akkuschrauber trage ich selbst. Stolz zeigen sie sich gegenseitig ihre Schätze, die sie für die nächste Minute und 15 Schritte bewachen dürfen, wie ein Drache seinen Hort.

Wir begeben uns wieder auf den Weg in den Gruppenraum und kurz vor der Tür halte ich nochmal inne, da ich beinahe die Rollen und Schrauben für das Laufgitter vergessen hätte.

Das wäre ja mal wieder typisch, wenn man losgeht, um etwas Bestimmtes zu holen und dann mit vollen Händen oder Taschen zurückkehrt, aber natürlich das, was man eigentlich mitnehmen wollte, vergisst, denke ich und muss schmunzeln.

Ich mache kehrt, hole die Rollen unter der Werkbank des Hausmeisters hervor, greife ein Päckchen Schrauben und gehe mit den beiden Kindern zurück in unseren Gruppenraum, wo uns schon eine große Baustelle erwartet.

Den kurzen Weg durch den langen Flur unserer Einrichtung erinnert mich wieder daran, wie einsam es hier ohne die Kinder ist. Natürlich ist der Beruf aufregend und anstrengend, aber trotzdem fehlt etwas, wenn man ihn nicht so ausüben kann, wie man es sich wünscht.

Im Gruppenraum angekommen überreichen mir die zwei feierlich ihre Schätze und ich beginne, ihnen das Innenleben des Schrauber-Sets zu zeigen. Fasziniert begutachten die beiden die vielen verschiedenen Bits und ich erkläre ihnen, dass jeder einzelne Bit für eine andere Art von Schraube benötigt wird, um diese festzuschrauben. Dann zeige ich ihnen, wie man die Bits am Handschrauber und am Akkuschrauber befestigt, Letzteren lege ich allerdings erst mal in Sicherheit und außer Reichweite der Kinder auf dem Regal ab.

»So, da wir jetzt gut vorbereitet sind, würde ich vorschlagen, wir können anfangen, alle Schrauben im Gruppenraum wieder festzuziehen«, sage ich und beginne an der Hochebene, die erste Schraube mit dem Werkzeug zu bearbeiten.

Die beiden stehen wie angewurzelt da und rühren sich keinen Millimeter.

»Ihr zwei dürft mir gern helfen. Nehmt euer Plastikspielzeug und repariert alles, was euch nicht heile vorkommt«, sage ich in bestem *Ich-bin-Erzieher-und-animiere-jetzt-ein-paar-Kinder*-Tonfall, der sogar Früchte trägt.

Freudig legen die beiden los und beginnen mit viel Getöse an den Möbeln im Gruppenraum zu hämmern, zu sägen und zu *zangen*, wie sie mir erklären (mit dem Plastikhammer, mit einer Plastiksäge und sogar einer Plastikzange).

Nach wenigen Minuten bemerke ich auf einmal, dass es im Raum ganz still geworden ist. Stille ist sowohl im Kindergarten, als auch zu Hause als Hundebesitzer immer verdächtig und besorgniserregend.

Ich schaue von meiner Arbeit hoch und sehe, wie die beiden in einem leergeräumten Regal hocken und sich etwas in dem Holz anschauen. Fragenden Blickes gehe ich zu ihnen rüber und schaue, was sie dort entdeckt haben.

»Was habt ihr denn gefunden? Oder ist für die Bauarbeiter schon Zeit für die Mittagspause?«, frage ich lachend und beuge mich zu den beiden Hilfshandwerkern herab.

»Nein, wir haben nur zwei Schrauben entdeckt, die komisch aussehen. Ganz anders als die anderen«, sagt Daniel, ohne den Blick von den benannten Schrauben zu lösen.

»Echt? Klingt interessant! Aber ich hatte euch ja gesagt, dass es viele verschiedene Arten von Schrauben gibt, deshalb haben wir ja das Schrauber-Set mit den ganzen Bits mitgenommen«, sage ich und bin fasziniert von dem Interesse der zwei für Neues.

Als ich keine Antwort von den beiden bekomme, frage ich sie, ob wir vielleicht mal in das Set schauen wollen, ob wir den passenden Bit zu den komischen Schrauben finden.

Diese Frage scheint sie aus ihrer Starre zu lösen, denn sie schauen mich mit leuchtenden Augen an und nicken mir eifrig zu.

Wir erheben uns und begeben uns zum Set. Ich reiche es Daniel, nachdem ich den gerade eingesetzten Bit aus dem Handschrauber gezogen und zurück in das Set gesteckt habe.

Leonie reiche ich den Handschrauber, damit auch sie wieder die Ehre hat, etwas Wichtiges und Aufregendes zu tragen.

Gemeinsam setzen wir uns unter die Schrauben und probieren nacheinander alle möglichen Bits aus, die mir von den Kindern vorgeschlagen werden. Der vierte passt auch schon und ich lasse die beiden die Schrauben mit ein wenig Unterstützung festziehen.

»Aber nicht zu fest«, sage ich. »*Nach fest kommt ab* hat mein Papa immer gesagt.«

Beide schauen mich fragend an.

»Das bedeutet, dass man eine Schraube nicht zu fest oder zu tief in etwas hinein schrauben soll, da sie irgendwann nicht mehr greift und dann wieder locker wird«, versuche ich die alte Weisheit meines Vaters zu erläutern, aber leider stoße ich nur auf immer mehr Verwunderung.

Ich glaube, damit bin ich etwas zu früh.

»Das habt ihr beiden auf jeden Fall echt toll gemacht und ich freue mich, dass ihr so aufmerksam wart und bemerkt habt, dass diese Schrauben anders aussehen, als zum Beispiel die auf der Hochebene«, sage ich und mir kommt eine weitere Idee.

»Wollt ihr euch vielleicht ein paar Blätter und Stifte nehmen und damit durch den Raum gehen und alle verschiedenen Schrauben abmalen? So können wir nachher schauen, wie viele verschiedene Schrauben in unserem Gruppenraum benutzt wurden. Und wir können die dazugehörigen Bits suchen«, erläutere ich meine Idee und merke während des Sprechens an ihren immer größer werdenden Augen, dass die beiden darauf scheinbar sehr viel Lust haben.

Die zwei Kinder bewaffnen sich mit Papier und Stiften und erforschen den Gruppenraum, den sie seit Jahren kennen und eigentlich schon komplett in ihrem Gehirn kartographiert haben, aus einer ganz neuen Perspektive.

Die Aufregung der beiden ist geradezu ansteckend und ich mache mich auch wieder ans Werk.

Nachdem alle Schrauben im Raum überprüft und abgemalt sind, befestige ich noch die Rollen unter dem Laufgitter, wie es mir meine Kollegin aufgetragen hat.

Die beiden Kinder schauen fasziniert zu, da ich dafür den Akkuschrauber verwende und sie solch schweres Gerät sonst nur von zu Hause kennen, wenn ihre Väter vielleicht etwas ausbessern oder reparieren müssen.

Wenn mein Vater mich so sehen könnte, denke ich bei mir. *Er würde seinen Augen nicht trauen.*

Nach erledigter Arbeit beginnen wir damit, alles wieder aufzuräumen und wegzubringen.

Als wir gerade zum zweiten Mal aus dem Hausmeisterraum herauskommen, steht plötzlich meine Kollegin vor uns.

Die Kinder freuen sich riesig und begrüßen Magdalena mit überschwänglichen Umarmungen.

»Oha, ihr scheint ja richtig fleißig gewesen zu sein!«, sagt sie, als sie wieder Luft geholt hat.

»Ja, die beiden können dir gern erzählen, was wir heute alles erledigt haben«, sage ich mit einem leicht stolzen Nachklang.

»Da bin ich aber mal gespannt auf die ausführliche Geschichte. Seid ihr heute etwa Handwerker gewesen?«, fragt sie und schaut auf den gelben Plastikhelm auf Daniels Kopf.

»Nein, wir sind Bauarbeiter!«, sage ich, um auch nochmal auftrumpfen zu können.

»Ja, wir sind Bauernhof!«, sagt Leonie stolz, während sie verträumt auf die Handtasche meiner Kollegin schaut, aus der ein Bauernhof-Bilderbuch herausragt.

»Und ich war auch ein Bahnhof!«, sagt Daniel daraufhin, schaut aber verträumt den Flur entlang zur Trinkoase und dem darüber hängenden Bahnhofsschild.

»Oh je, da sind aber zwei Bauarbeiter verdammt müde und geschafft von dem langen Tag«, sagt meine Kollegin und wirft mir einen wissenden Blick zu.

»Ja, das Mittagessen und die Mittagsruhe haben wir drei uns absolut verdient!«, sage ich und wir gehen gemeinsam zum Händewaschen.

Bald ist Sommer

Ein Hase und ein Igel
Saßen unter einem Haselstrauch
Aßen Möhren und Salat
Ein paar Käfer gab es auch

Dort träumten sie zu zweit
Vom Sommer, dem warmen
Zitterten im grauen Herbst
Und wärmten sich beim Umarmen

Dienstberatung

Der Pate

»Noah, würdest du das übernehmen?«, fragt die stellvertretende Leiterin Sabine und reißt mich damit aus meinen Gedanken.

Das komplette Team sitzt gemeinsam im Turnraum unserer Einrichtung zusammen. Wir sitzen ordentlich in einem Stuhlkreis angeordnet und halten den Mindestabstand ein.

Die Dienstberatung ist bisher weitestgehend an mir vorübergegangen. Nicht etwa, weil mich die Themen nicht interessieren, sondern weil ich einfach zu müde bin.

Ich habe in dieser Woche den Frühdienst und fange um sechs Uhr an zu arbeiten, was bedeutet, dass ich um 4:30 Uhr aufstehe. Feierabend habe ich dann um 14:30 Uhr und muss dann noch drei Stunden totschlagen, bis die Dienstberatung beginnt, die dann nochmal ungefähr zwei Stunden dauert.

Dieses Pensum schlaucht ganz schön, sodass ich ein wenig vor mich hin gedöst habe, als ich nun von Sabine angesprochen werde.

Ich schrecke in meinem Stuhl hoch und schüttle mich kurz. Dann blicke ich mich verwirrt um und vernehme das leise Kichern meiner 18 Kolleginnen.

»Ähm, Entschuldigung. Wie bitte?«, stammle ich und schaue zu Sabine.

»Guten Morgen, Noah!«, sagt Magdalena und lacht kurz auf.

»Na na, er hat heute immerhin schon acht Stunden gearbeitet und ist sicher schon eine Weile auf den Beinen. Da kann man auch mal kurz wegnicken«, springt mir meine Chefin Frau Bernstein zur Seite.

»Ich hatte dich gefragt, ob du für unseren neuen Kollegen, der am ersten August anfängt, den Part des Paten übernehmen würdest«, wiederholt sie ihre schon zuvor gestellte Frage.

»Ähm, was wären denn dann meine Aufgaben?«, frage ich etwas verunsichert.

»Du wärst eine Art Mentor, um der neuen pädagogischen Fachkraft die tausend kleinen Regeln unserer Einrichtung näherzubringen. Wenn er Sorgen oder Nöte hat, oder mit diversen Abläufen noch nicht sehr vertraut ist, dann würde er sich in erster Linie an dich wenden.

Du würdest ihm dann mit Rat und Tat zur Seite stehen, damit er sich nicht so allein fühlt in unserer Einrichtung«, erklärt mir Sabine meine neue Aufgabe als *Pate*.

Ich bin zwar nicht der klassische Marlon Brando, aber ich denke, das bekomme ich hin. Was wäre Frodo schließlich ohne Gandalf oder Harry Potter ohne Dumbledore gewesen? Außerdem ist es nicht zu übertrieben, sich mit den beiden größten Zauberern der Popkultur zu vergleichen, denke ich und merke gar nicht, dass mich 18 Augenpaare anschauen, während ich mir in Gedanken zutraue, es mit Sauron und Voldemort gleichzeitig aufzunehmen.

Ich streiche mir über den Bart.

»Du musst dir das so vorstellen, wie das, was Rowena am Anfang für dich war, als du noch häufiger in der Krippe eingeteilt warst«, erläutert mir Doris meine neue Aufgabe etwas genauer, da sie mein Schweigen eher negativ aufgefasst hat.

»Ich kann mir vorstellen, dass das gut funktionieren würde. So von Mann zu Mann«, ergänzt Sabine.

»Wir bekommen also einen neuen männlichen Kollegen!«, sagt Fabienne und ein Raunen geht durch das Rund.

»Warten wir erst mal ab, ob er hier wirklich auftaucht. Das hatten wir ja leider schon ein paar Mal, dass die potentiellen neuen Mitarbeiter nicht zur Vertragsunterschrift erschienen sind«, meint Rowena und verdreht dabei die Augen.

»Die Hoffnung stirbt zuletzt«, antwortet Frau Bernstein vielsagend.

»Zurück zu meiner eigentlichen Frage: Noah, würdest du ...«, beginnt Sabine und sieht dann zu mir und kommt ins Stocken, als sie bemerkt, dass ich die Augen geschlossen habe und mein Kinn auf meine Brust gesunken ist.

»Das ist jetzt nicht sein Ernst, oder?«, fragt Sabine leicht gereizt.

»Nein, leider nicht, obwohl ich einem Schläfchen nicht abgeneigt wäre«, sage ich, hebe meinen Kopf wieder hoch und zeige ein müdes, aber breites Grinsen.

»Dein Glück, Freundchen!«, antwortet sie in gespielt scharfem Ton und ein Lächeln huscht ihr über das Gesicht.

»Auf jeden Fall würde ich sehr gern die Patenschaft für den neuen Kollegen übernehmen. Wollte ich im Zoo auch schon immer mal machen. Ein Wolf oder ein Känguru wären cool. Meint ihr, die könnte man mal für ein Wochenende mit nach Hause nehmen?«, sage ich und finde mich selber unfassbar lustig.

»Es ist zwar nicht unbedingt vergleichbar, aber schön, dass du die Aufgabe übernimmst«, sagt Sabine augenrollend, allerdings auch lachend.

»Ich bin schon ganz gespannt. Endlich jemand, mit dem ich über Fußball reden kann!«, sage ich, ohne nachzudenken.

Meine Kolleginnen schauen mich immer noch unverwandt an.

»Nur in den Pausen, natürlich«, schiebe ich schnell hinterher.

Seiltänzer

»Ich denke, jeder von uns kennt es, wenn man sich über die Reaktion seines Gegenübers wundert. Ein Elternteil reagiert auf eine simple Frage völlig überzogen, vielleicht sogar unfreundlich«, sagt Sabine und bekommt aus dem Stuhlkreis raschelndes Kopfnicken, das ab und zu von einem leisen Knacken, Husten und Schiefen unterbrochen wird.

Meine Augenlider scheinen mittlerweile jeweils eine Tonne schwer zu sein, aber ich schaffe es ebenfalls zu nicken.

In Zeitlupe.

Sabine nimmt ihre Rolle als Stellvertretung der Kitaleitung sehr ernst und gerade in den Dienstberatungen unterstützt sie Frau Bernstein tatkräftig, indem sie Punkte übernimmt und mit einbringt. Das sind oftmals spannende und lehrreiche Angebote, wie wir sie ja auch den Kindern darbieten sollen, nur eben auf uns als pädagogische Fachkräfte zugeschnitten.

»Ich möchte euch kurz verdeutlichen, woran das liegen kann«, erklärt Sabine weiter und bittet Fabienne darum, sich auf einen Stuhl in der Mitte des Kreises zu setzen. Dann holt sie hinter ihrem Rucksack einen Stoffbeutel hervor, in dem sich eine gewaltige Menge bunter Springseile tummelt, die wir sonst mit den Kindern zusammen benutzen, wenn wir uns im Sportraum betätigen.

Sie erinnern mich an einen Sack voller giftiger Schlangen und meine Gedanken wandern zu dem Tag in der Grundschule, als ich in einer *Talentshow* vor den Schülerinnen und Schülern der anderen Klassen als Fakir auftreten durfte. Ich spielte schief auf einer Kinderflöte, die über eine Angelschnur mit einer Stoffschlange verbunden war, die in einem alten Weidenkorb versteckt wurde. Während ich mich und das Instrument so bewegte, tanzte die violette Kobra zu meinen schiefen Tönen, gezogen von dem fast unsichtbaren Band und die Menge tobte.

Die Bilder und Erinnerungen an diese wahnsinnige Show verblassen gerade vor meinem geistigen Auge, als Sabine weiterspricht.

»Bitte steht alle auf und kommt zu uns in die Mitte. Du nimmst diese her so fest, wie du kannst, in die Hände«, sagt sie, deutet auf ihre Gruppenkollegin und hält ihr von den vielen Seilen jeweils ein Ende hin. Fabienne greift zu und hat sichtlich Probleme damit, ein Endstück von jedem Springseil in ihre kleinen Hände zu bekommen.

»Jetzt nimmt sich bitte einer nach dem anderen von euch ein Ende eines Seiles und wir schauen mal, was an einem Menschen, in unserem Beispiel eine Mama, die ihr Kind zu uns in den Kindergarten bringt, so alles *zieht*«, sagt sie, nimmt ein gelbes Seil und man sieht, wie sich das Springseil strafft. »Dieses steht für eine kranke Mutter, die gepflegt werden muss.«

»Das hier steht für das erkältete Kind, das zu Hause gepflegt werden muss«, sagt Magdalena, nimmt ein blaues Seil und zieht kräftig daran.

Fabienne fällt es schon sichtlich schwerer, die Springseile festzuhalten, obwohl nur zwei unter Spannung stehen.

»Dieses hier steht für Zahnschmerzen«, sage ich und ziehe leicht an einem roten Seil.

Nach und nach nimmt jede der Kolleginnen ein Springseil, fugt etwas hinzu, das an unserer beispielhaften Mama zerrt und zieht es straff.

Eine Minute später ziehen 16 verschiedene Probleme an Fabienne, die es kaum noch schafft, die Enden festzuhalten.

»Nun könnt ihr beobachten, was so alles an einem einzelnen Menschen ziehen kann und wir meistens gar nicht sehen können«, erläutert Sabine, sichtlich zufrieden, den gewünschten Effekt erzielt zu haben, denn wir blicken alle etwas bedrückt zu unserer Kollegin, die in der Mitte des Kreises sitzt. »Vergesst das bitte nicht, wenn ihr anderen Menschen, seien es Eltern, Kinder oder Kolleginnen, gegenübertretet. Ihr wisst, dass jeder sein Päckchen zu tragen hat, aber mir gefällt die Formulierung besser, dass jeder einen Kampf zu kämpfen hat, von dem sein Gegenüber nichts ahnt. Fragt euch nicht nur, wie ihr gern behandelt werden möchtet, sondern seid auch feinfühlige Seiltänzer.«

Seiltänzer, denke ich und finde Gefallen an dem Wort. Als pädagogische Fachkraft bin ich so vieles. Löwenbändiger, Feuerwehrmann, Tränentröster und jeden Tag kommt etwas Neues dazu.

Jetzt bin ich auch Seiltänzer.

Funkeln

Wenn man dir Steine in den Weg legt
Schmeiß damit ein paar Scheiben ein
Tanz barfuß durch den Scherbenhaufen
Denn so soll es für immer sein

Wenn die Scherben auf dem Boden liegen
Siehst du überall das Funkeln
In ihnen spiegeln sich die Sterne
Sie führen dich aus dem Dunkeln

Ein heißer Tag im Juli

♥

Der Tag ist unheimlich heiß.

Wir haben Juli und ca. 27 Grad Celsius im Schatten. Man kann darüber streiten, ob es in Ordnung ist, bei diesen Temperaturen mit den Kindern in die Sonne zu gehen, aber alle sind dick eingecremt, tragen eine Mütze und häufig ist es so, dass sich Kinder ebenfalls schattigere Plätze suchen, anstatt sich in der prallen Sonne aufzuhalten.

Meine Kollegin sitzt, wie höchstwahrscheinlich für die meisten Frauen üblich, nicht im Schatten. Ich habe mich zwei Meter daneben niedergelassen und freue mich, das wahrscheinlich kühlste Fleckchen auf dem Außengelände gefunden zu haben. In der Sonne würde ich eingehen.

Magdalena lässt sich gerade kross durchbrutzeln und berichtet davon, dass ihr Freund ihr am Vorabend eine Freude machen wollte, indem er den Geschirrspüler eingeräumt hat.

»Schön und gut, dass er nach vier Jahren Beziehung endlich mal etwas im Haushalt machen möchte, aber wieso ausgerechnet den Geschirrspüler einräumen? Er müsste mich doch gut genug kennen, um zu wissen, dass ich den ganzen Kram danach wieder *ordentlich* einräume«, plappert sie vor sich hin und ich lasse mich berieseln. »Bei jedem noch so kleinen Teil denke ich mir, dass ich das anders gemacht hätte. Die Schüssel muss woanders hin, Besteck mit dem Kopf nach oben in den Korb.«

Damit man sich als Mann beim Ausräumen die Pulsadern an den Spitzen der Gabeln und Messer aufschneidet?, denke ich, kann mich aber gerade noch hüten, meine Gedanken laut auszusprechen.

»Meinst du, er macht das vielleicht mit Absicht? Damit ich ihn nie wieder darum bitte, mir im Haushalt zu helfen?«, fragt mich Magdalena und ich sehe, wie sie ihre Augenbrauen über der Sonnenbrille fragend zusammenkneift.

»Da würdest du ihm und allen anderen Männern auf der Welt allerdings sehr viel Intelligenz zusprechen. Möchtest du das?«

Trotz Sonnenbrille kann ich erkennen, dass sie sich nicht sicher ist, ob ich sie veralbern möchte. Andererseits scheint sie intensiv über meine Worte nachzudenken.

»Wusstest du eigentlich, dass ich während der Ausbildung in einem Supermarkt gejobbt habe? An der Kasse. Es war nicht lang, aber dafür auch kein bisschen schön. Leider«, sage ich laut, um das intensive Brutzeln zu übertönen und meine Kollegin aus ihren Überlegungen, ob ihr Freund tatsächlich so intelligent ist, zu katapultieren.

Magdalena, die neben mir sitzt und sich mit den Anwesenheitskarten der Kinder Luft zufächelt, blickt mich fragend an. Ihr Gesicht ist dick mit Sonnencreme eingeschmiert und wenn sie noch eine etwas kindlichere Mütze tragen würde, sähe sie aus wie ein zu groß geratenes Kind aus unserer Kindergartengruppe.

»Nein, hast du mir noch nicht erzählt. Wieso war es nicht schön?«, fragt sie, während sie eine Fliege davonwedelt.

Ich kratze mich am Bart und denke an die Zeit zurück. An meinen letzten Arbeitstag, genau genommen.

♥

Ich sitze an der Kasse eines Supermarktes in meinem Stadtteil.

Es ist ein Nebenjob, den ich antreten musste, um mich während der Ausbildung über Wasser zu halten. Vierhundertfünfzig Euro im Monat, als kleine Ergänzung zu Kindergeld und BAföG.

Es gibt Menschen, die diesen Job sehr gern ausüben und ihre Berufung darin gefunden haben. Irgendwo. Irgendwo gibt es die bestimmt. Ich bin keiner von ihnen und habe weder unter meinen Kollegen, noch in anderen Supermärkten solche Menschen getroffen. Aber das heißt ja nichts.

Es ist Juli und brechend heiß. Ich sitze, in meinen Gedanken versunken, auf dem drehbaren Bürostuhl in meiner kleinen Bucht, sozusagen in meinem Reich, auf meinem Land, welches mir von meinem edlen Herrscher zugewiesen wurde. Fünf Stunden am Tag.

Während ein älteres Paar, beide so um die 70 Jahre alt, langsam anfängt ihre Waren aufs Band zu legen, kreisen meine Gedanken um den gestrigen Abend.

Ich saß mit einem Freund auf einer Wiese und wir grillten. Da der Grillanzünder nicht so wollte wie wir, waren wir kurz davor, die Würstchen einfach in die Sonne zu halten. Nur für einen Augenblick, denn allzu dunkel mögen wir sie nicht. Glücklicherweise schaffte mein Freund es doch noch.

»Zum Glück ist der Inhaber des Ladens sehr freundlich und denkt hauptsächlich an seine Mitarbeiter, wenn er Entscheidungen trifft«, sagte ich, während der heißer werdende Grill die Umgebungstemperatur etwas runterkühlte.

»Ach, ist das so?«, fragte mein Freund wirklich erstaunt.

»Ja, natürlich. Habe ich dir nicht schon von der neuesten Verordnung erzählt? Hängt sogar am schwarzen Brett.«

»Dann muss es ein außerordentlich wichtiger Erlass sein, den dein Lehnsherr da ersonnen hat.«

»Durchaus, mein werter Freund. Es liegt ihm viel an seinem Gesinde. So wünscht er neuerdings, dass alle männlichen Angestellten Hemd und Schlips tragen. Natürlich unter dem dicken Kittel«, sagte ich und schob meine Sonnenbrille auf meine Nase.

»Oh man, bei den Temperaturen? Kein Wunder, dass du schlanker wirkst. Da musst du ja heute einige Kilogramm ausgeschwitzt haben. Ideal bei einer Sommergrippe und du wärst mal wieder dran!«, witzelte mein Freund daraufhin sichtlich schadenfroh.

»Aber keine Sorge, die Würstchen werden dich wieder mit etwas Energie versorgen«, ergänzte er.

Jäh werde ich aus meinen Gedanken gerissen, als der Mann zu mir sagt:

»Junger Mann, das Band ist voll. Fangen Sie schon mal an.«

Ich schrecke zusammen bei dem Klang der bestimmten, dunklen Stimme. Ich schaue zum Band, welches wirklich vollbeladen ist. Es sind hauptsächlich große und schwere Artikel, wie Sechserträger Wasser, zwei ziemlich gewaltige Melonen, ein Sack Kartoffeln und dazu äußerst viel Kleinkram.

Ich beginne damit, die Waren einzuscannen und der Mann vor mir bewegt sich keinen Zentimeter von der Stelle, während seine Frau am Ende des Bandes so lange Waren auf selbiges legt, bis der Wagen leer ist. Dann muss sie sofort sehr umständlich an ihrem Mann vorbeifahren und vorne, die von mir bereits gescannten Waren wieder in den Wagen zu räumen.

Ihr Gatte hat sich immer noch keinen Zentimeter bewegt. Er steht nach wie vor anderthalb Meter von mir entfernt auf Höhe des Kaugummisortiments.

Unter offensichtlich großer Anstrengung gelingt es der Frau, nach und nach, alle Waren einzuräumen.

Als sie den Sechserträger Mineralwasser anhebt, reißt der Henkel durch, doch sie fasst gedankenschnell unter und behält den Träger in den Händen und stellt ihn im Einkaufswagen ab.

Ihrem Mann entfährt bei diesem Anblick ein Schnauben, welches von einem genervten Augenbrauenhochziehen begleitet wird.

Als ich alle Waren über das Band gezogen habe und dem Paar den zu zahlenden Betrag nenne, scheint die Stunde des Mannes geschlagen.

Stand er zuvor wie eine marmorne Statue vor den Kaugummis, so bewegt er sich nun in Zeitlupe vorwärts. Seine Schritte sind von einer gar königlichen Eleganz, dass man meinen möchte, er schreitet nicht an die Kasse seines heimatlichen Supermarktes, sondern würde nach einem gelungenen Homerun im Finale um die Meisterschaft langsam in die Ruhmeshalle Einzug halten. Eine unsichtbare Menge bejubelt ihn für jeden Schritt, denn nun ist sein großer Moment gekommen, der Augenblick, für den er heute aufgestanden ist.

Mit einer weit ausholenden Geste greift er mit seiner rechten Hand hinter sich und zaubert eine hellbraune, lederne Brieftasche hervor.

Er klappt sie sachte auf, um sie noch einige Zentimeter von sich fortzustrecken, damit er bessere Übersicht über ihren Inhalt hat, den er aber, so vermute ich, auswendig kennt.

»42, 38 € wären das, bitte«, sage ich andächtig mit einem Anflug von Gänsehaut auf meiner Haut, sehr wohl von dem Augenblick ergriffen.

Der Mann zückt einen 50€-Schein und reicht ihn mir. Ich nehme dankend an und frage, ob er vielleicht 2,38€ *in klein* für mich hätte.

Er sieht mir in die Augen und dreht schwungvoll seine Brieftasche um 180 Grad und lässt den kompletten Inhalt in seine andere hohle Hand fallen. Andächtig schiebt er den beachtlichen Haufen Münzen hin und her, ehe ihm offenbar gewahr wird, dass er ohne seine Brille nicht genau erkennen kann, welche Münzen er dabei hat.

Er streckt mir die Hand mit den vielen Kupferstücken entgegen und signalisiert mir mit einem Brummen, dass ich mir das Kleingeld aus seiner Handfläche fischen soll.

Eilig folge ich dem gebrummten Befehl, sammle die passende Anzahl an Münzen aus der Hand und reiche eine 10€-Note zurück. Der Mann nickt einmal ruckartig nach unten, was Zustimmung, *Danke* und *Auf Wiedersehen* in einem bedeutet.

Ich verabschiede mich freundlich und nicht unbeeindruckt, während seine Frau den schweren Wagen davon schiebt.

Noch in Gedanken bei dem älteren Paar begrüßt mich schon der nächste Kunde.

Er ist ungefähr so groß wie ich, wiegt wohl um die 120 kg, hat rote, lange Haare, einen Bart und Sommersprossen, die ich in seinem Gesicht und an seinen nackten Armen, welche aus einem Achselshirt herausbaumeln, sehen kann. Der Mann ist um die 50 Jahre alt und hat zwei Flaschen Wasser und eine Packung Brötchen auf dem Band liegen und dazu seine Zeitung unter dem Arm klemmen. Der Schweiß läuft in Strömen seine Stirn hinab.

Ich grüße freundlich und schaue auf die Zeitung.

Schnell wende ich den Blick auf die Waren, welche sich auf dem Band befinden und beginne mit dem Scannen.

Nachdem die Flaschen und die Brötchen abgearbeitet sind, schaue ich erneut auf die Zeitung unter seinem Arm, an deren Seiten ich die feuchten Achselhaare des Kunden herausblitzen sehe.

Erwartungsfroh schaut mich der Kunde an.

Oh mein Gott. Was soll ich tun? Er scheint auf die Summe zu warten. Vielleicht hat er die Zeitung vergessen. Oder schon woanders gekauft und bezahlt, denke ich panisch.

Ich öffne den Mund, um dem Kunden die Summe zu nennen, da klatscht er seine Hand auf die Stirn und lacht.

»Ach, die Zeitung, die habe ich ganz vergessen«, sagt er und greift mit seiner rechten Hand an die Zeitung in seiner linken Achselhöhle, fasst zu und reicht mir die gefalteten Seiten mit dem Ende entgegen, das unter seiner Achsel klemmte.

Ein ovaler Halbkreis aus triefendem Schweiß zeichnet sich dunkelblau am Ende der Zeitung ab, welches mir gerade unter die Nase gehalten wird.

Instinktiv höre ich zu atmen auf.

Ich ringe unendlich lange drei Sekunden mit mir, ob ich die Zeitung entgegen nehme, oder nicht.

Schließlich fasse ich zu und ziehe die Zeitung am triefenden Ende über die Kasse, kassiere den Kunden ab, stelle mein *Kasse geschlossen*-Schild auf das Band, stehe auf, entledige mich meines Kittels und beende damit meinen letzten Arbeitstag als Aushilfe an der Kasse.

Die Kündigung reiche ich morgen nach.

Hallo, Noah, jemand zu Hause?«, fragt Magdalena, während sie nervig anfängt, meine Wange zu piken.

Ich schaue sie verwundert an.

»Was war denn nun mit deinem Nebenjob?«, fragt sie.

Ich kratze mich am Bart.

»Ach, weißt du,«, sage ich und blinzle die Erinnerung davon. »So wichtig war es eigentlich nicht.«

Meine Kollegin schnaubt verächtlich.

»Wieso schnaubst du denn so verächtlich?«, frage ich.

»Das ist mal wieder typisch. Erst heißmachen und dann erzählst du ja doch nichts. Das kann ich ja leiden«, sagt sie schnippisch.

»Stimmt doch gar nicht. Und außerdem braucht man bei diesen Temperaturen niemanden heißmachen. Aber gegen ein Eis hätte ich jetzt nichts«, sage ich, stehe auf und begebe mich zu unserem Kühlschrank und hole Eis für die Kinder und uns.

»NEIN!«, hallt es durch den langen Flur, der zu unserem Gruppenraum führt, in dem sich der leckere, gekühlte Schatz befindet.

»Was ist denn los?«, frage ich vorsichtig in Richtung Serviceküche, aus der ich den Schrei vermute.

»Die Kaffeemaschine ist kaputt!«, jammert Birgit und ich habe sie noch nie so gebrochen gesehen.

»Wer trinkt denn bei diesen Temperaturen heißen Kaffee?«, plappere ich unüberlegt und halte mir, nachdem das letzte Wort von meinen Lippen entflohen ist, schleunigst den Mund zu.

Zu spät.

»Wenn du hier nicht helfen kannst, dann verschwinde lieber! Wie sollen hier die meisten ohne Kaffee überleben? Da brauchen wir keine klugen Sprüche!«, plärrt sie mich an und ich verziehe mich, so schnell ich kann.

Als professioneller Seiltänzer habe ich vor meinem geistigen Auge sofort das Bild vor Augen, wie von jeder meiner Kolleginnen ein dickes, schwarzes und langes Springseil ausgeht, welches definitiv für den exorbitant hohen Kaffeekonsum steht, der am heutigen Tage leider ausbleiben muss.

Das war knapp. Ich sollte mich heute lieber bedeckt halten und Birgit am besten nicht mehr unter die Augen kommen, denke ich, hole das Eis und ignoriere alle Kolleginnen, die wie kaffeelose Zombies durch die Einrichtung schlurfen.

Nicht allein

Helles Kinderlachen
Flutet dieses Haus
Alle bösen Gedanken
Sperren wir aus

Wir wollen alle zusammen
Glücklich und fröhlich sein
Doch wissen wir genau
Das kann man nicht allein

Epilog

Der neue Kollege

Es ist kurz vor acht Uhr, als ich das Gelände der Kita betrete. Ich bin heute etwas spät dran, was eigentlich gar nicht zu meinen Eigenschaften gehört. Normalerweise bin ich mindestens 20 Minuten vor Dienstantritt im Haus, aber der Verkehr heute war der Wahnsinn. Oder die Hölle. Oder beides auf einmal.

Ich eile in Richtung Eingang, vor dem ein junger Mann steht und verwirrt umherblickt. Er wirkt irgendwie verloren und sieht sich hastig in alle Himmelsrichtungen um.

»Guten Morgen! Kann ich Ihnen helfen?«, frage ich und halte ihn für einen verirrten Vater, der gerade feststellt, dass er sein Kind zu Hause vergessen hat.

»Guten Morgen. Ich fürchte, mir ist nicht mehr zu helfen«, antwortet er resigniert.

Ein heftiges Déjà-Vu durchfährt meinen Körper.

Genau das habe ich vor einem Jahr gedacht, als Magdalena mich in die Kita gelassen hat!, denke ich und mustere den Mann.

Er ist jünger, als ich im ersten Moment dachte. Ich würde sagen, ich bin nur ein paar Jahre älter als er.

»Kann es sein, dass du ab heute hier arbeitest?«, frage ich und duze ihn, da ich mir sicher bin, dass er kein Vater ist, der sein Kind verloren hat.

»Ja, heute ist mein erster Tag und ich komme scheinbar zu spät. Ich soll in wenigen Minuten meinen Dienst antreten, habe aber keine Ahnung, wie ich reinkomme. Ich habe schon ein paar Mal geklingelt, doch öffnet mir niemand.«

»Die anderen bereiten sicherlich gerade das Frühstück vor.«

Jetzt mustert er mich aufmerksam.

»Arbeitest du auch hier?«, fragt er mich hoffnungsvoll.

»Ja, seit genau einem Jahr. Mein Name ist Noah«, antworte ich mit einem Anflug von Stolz in der Stimme.

»Ich heiße Thorben«, stellt er sich vor und mustert mich immer noch, wobei sein Blick auf dem Schlüssel in meiner Hand hängen bleibt.

Ich sehe selbst dorthin und merke, was er meint.

»Dann lass ich dich mal rein und zeige dir das Büro unserer Leiterin, Frau Bernstein«, sage ich, öffne die Tür und gehe mit meinem neuen Kollegen in das Gebäude.

»Hast du Fragen zu der Einrichtung, bevor du zur Chefin gehst? Ich darf sozusagen dein Pate sein. Das heißt, wenn du etwas brauchst, oder wissen möchtest, kannst du jederzeit zu mir kommen«, erkläre ich ihm, während wir laufen.

»Klingt nach *Stromberg*. Aber eine Frage habe ich tatsächlich. Wohin gehen wir, wenn es brennt?«

Ich weiß einen kurzen Moment lang nicht, was ich sagen soll.

Das ist ein Scherz, oder?

»Ähm, wir müssen dann zu einem Häuschen auf der Ostseite des Außengeländes«, sage ich.

»Okay, dann weiß ich Bescheid. Dankeschön«, antwortet er und wir bleiben vor der Tür des Büros stehen.

»Dann wünsche ich dir einen angenehmen ersten Arbeitstag. Wir sehen uns ja sicherlich nachher in der Pause«, sage ich, wende mich ab, um in meine Gruppe zu gehen, als mir noch ein kleiner Gedanke kommt.

Ich drehe mich noch einmal zu Thorben um, der gerade die Hand erhoben hat, um an die Tür des Büros zu klopfen.

»Sag mal«, beginne ich und lass ihn innehalten. »Magst du eigentlich Fußball?«

Berufung

Jeden Tag dasselbe
Doch ist nichts gleich
Jede Stunde ist
An Neuem reich

Bei der Berufswahl
Gib darauf Acht
Dass du deine Berufung
Zum Beruf gemacht

Nachwort

Liebe Leserinnen, liebe Leser!

Dieses Buch ist wahrlich eine Herzensangelegenheit für mich. Die erste Geschichte, ein kleiner Waldausflug, entstand, als ich mich gerade im zweiten Ausbildungsjahr der Ausbildung zum *staatlich anerkannten Erzieher* befand. Ich schrieb sie aus einer Laune heraus. Ich fand den Ausflug und den Tag mit den Kindern so aufregend und voller Freude, dass ich mich gern daran erinnern wollte.

Im Laufe der Zeit kamen dann ab und an Geschichten dazu und ich beschränkte mich darauf, sie meinen Klassenkameraden zu zeigen und sie auf meinem Laptop ruhen zu lassen. Die Rückmeldungen der wenigen LeserInnen haben mich allerdings sehr glücklich gemacht.

So entstand irgendwann der Gedanke, dass es noch mehr Leute geben könnte, die sich an meinen Geschichten erfreuen. Ich wollte den Lesenden die lustigen Seiten des Erzieherberufes aufzeigen, da man meistens nur die Schattenseiten aus den Medien zu hören bekommt.

Ich wollte meinen KollegInnen kleine Geschichten in die Hand geben, die sie an den Tagen zum Lachen bringen, wenn es mal wieder anstrengend und schwierig ist. Wir lieben diesen Beruf, aber auch wir haben Tage, an denen wir an unsere Grenzen stoßen. An solchen Tagen sollen meine Geschichten zum Lachen und Schmunzeln einladen. Sollte ich mein Ziel erreicht haben, dann lass es mich gern wissen!

Auch den Eltern wollte ich zeigen, was manchmal im Kindergarten und in der Krippe passiert und so einen kleinen Einblick in den Alltag ihrer Kinder vermitteln.

Dieser Roman ist zwar von der Wirklichkeit inspiriert, aber am Ende eine fiktive Geschichte. Ich bin nicht der Held dieser Geschichte, sondern habe viele pädagogische Fachkräfte in ihm vereint.

Natürlich entsteht ein solches Buch, egal wie viele Seiten oder Wörter, niemals alleine. Dementsprechend gibt es einige Weggefährten, denen ich an dieser Stelle gern danken möchte:

Zunächst einmal danke ich meinem Lehrer Jesko Siegmann, der mir das Handwerkszeug mitgegeben hat. Meiner Mentorin Marlen, meinem Mentor Maik und ihrer Chefin Frau Magel im Hort. Meinen KollegInnen Saskia, Celine, Lisa, Mariana, Julian, meiner Chefin Frau Liedtke und dem gesamten Team unserer Kita. Sabine für tolle Fortbildungen, Tobias für eine unvergessliche Ausbildung.

Ich danke den Kindern, die mir so viele aufregende Momente bereitet haben. Besonders meinen Igeln bin ich zu Dank verpflichtet.

Natürlich meinen Testleserinnen: Linda, Michelle und Patricia für die vielen tollen und liebevollen Hilfestellungen.

Claudia und dem gesamten Team von Nova MD, Kampenwand Verlag und Chiemsee Verlag, dass sie meinen Geschichten ein Zuhause gegeben haben.

Und selbstverständlich danke ich Dir, dass Du mein Buch gelesen hast (sogar bis zur langweiligen Danksagung, in der ich mich bei völlig fremden Menschen bedanke, die Du nicht kennst. Hut ab!). Ohne Dich würde es weder meine Geschichten noch Bücher von mir geben.

Wenn Du Freude an den Erziehergeschichten hattest, dann hinterlasse gern eine Rezension und erzähl allen Leuten in Deiner Umgebung davon (ich habe gehört, so eine Herzensangelegenheit macht sich prima als Geschenk!). Sollte es Dir nicht gefallen haben, oder Dir sind Fehler aufgefallen, dann schreib mir gern bei Instagram (@nico.thurm oder @autor_nicovoncracau) oder kontaktiere mich per Mail unter nicovoncracauautor@gmx.de.

Abschließend bleibt mir nur noch zu schreiben, dass mir die Arbeit an den Geschichten viel Freude bereitet hat. Wenn Du irgendwann mehr von Noah, seiner Kollegin Magdalena und den Kindern in der Einrichtung lesen möchtest, oder lustige Anekdoten aus dem Alltag einer pädagogischen Fachkraft hast, lass es mich gern wissen!

Fühl Dich umarmt.

Nimm dir eine meiner Tränen

Ich blätter durch die Seiten
Tausend und Abertausende
Jede Einzelne von Hand geschrieben
Viele Geschichten ohne Ende

Manche haben keinen Anfang
Erzählen kurze Erlebnisse
Einige sind abgeschlossen
Geflunkerte Geheimnisse

Sie alle tropften aus meiner Seele
Direkt auf das Papier
Sie sind unbeholfen und schief
Und liegen nackt und bloß vor dir

Wenn du den Buchdeckel schließt
Nimm dir eine Träne von meinen
Trage sie in deiner Brust
Und lass dein Herz hell scheinen

Dir hat das Buch gefallen?

Ich freue mich sehr, dass du mein Buch bis zu dieser Stelle gelesen hast. Wenn es dir gefallen hat, wäre es toll, wenn du ihm bei dem Online-Shop eine Bewertung gibst, bei dem du bestellt hast. Oder du schreibst bei einem deiner Lieblings-Buchportale eine Rezension.

Es ist nicht nur sehr schön, Meinungen zu meinem Buch zu lesen. Außerdem hilft es mir auch dabei, weitere Geschichten zu schreiben und neue Leser für meine Bücher zu finden.

CHIEMSEE
VERLAG

Ein Junge auf der Flucht erzählt seine bewegende Geschichte.

Historischer Roman

ISBN: 978-3986600648

www.kampenwand-verlag.de

Ein Buch so außergewöhnlich wie das Leben selbst

Roman

ISBN: 978-3986600525

www.kampenwand-verlag.de

FSC
www.fsc.org
MIX
Papier | Fördert
gute Waldnutzung
FSC® C083411